枪与花

夏生 著

GUN AND FLOWER

新世界出版社
NEW WORLD PRESS

图书在版编目(CIP)数据

枪与花 / 夏生著. - 北京 : 新世界出版社,2011.8
ISBN 978-7-5104-1942-3

Ⅰ.①枪… Ⅱ.①夏… Ⅲ.①推理小说-中国-当代 Ⅳ.①I247.5

中国版本图书馆 CIP 数据核字(2011)第 154706 号

枪与花

作　　者：夏　生
责任编辑：郭琳媛
特约编辑：刘田田　胡梦怡
封面设计：韩　磊
内版设计：李　娟
责任印制：李一鸣　刘曦涛
出版发行：新世界出版社
社　　址：北京市西城区百万庄大街 24 号(100037)
发 行 部：(010)68995968　(010)68998733(传真)
总 编 室：(010)68995424　(010)68326679(传真)
http://www.nwp.cn
http://www.newworld-press.com
版 权 部：+86(10) 68996306
版权部电子信箱：frank@nwp.com.cn
印　　刷：今古传奇印务有限公司
经　　销：新华书店
开　　本：660×960　1/16
字　　数：170 千字　　印　　张：13
版　　次：2012 年 3 月第一版　2012 年 3 月第一次印刷
书　　号：ISBN 978-7-5104-1942-3
定　　价：20.00 元

·目录·

CONTENTS

1 花

初荷一直记得第一次见到怀安的那个夏日傍晚。

刚下过雨，暑气伴着西斜的日头一点点退去，晚风透过攀缘着青萝的篱笆吹进院子里，轻轻摇动着小池中三两株盛放的荷花。

她觉得屋子里依旧闷热，端了饭碗坐到院中阿公乘凉用的青竹躺椅上，刚往嘴里扒了几口饭，就看见不远处的院门口滚进来一个毛呼呼、圆球状的东西。

那东西转眼就顺着石子小路骨碌碌滚到了离初荷不远的地方。

夕阳西下，园中花草的影子被拉得长而杂乱，她一下子没看清那被花影笼罩的圆东西究竟是什么，正要起身去看个仔细，一个瘦高的年轻男子已经匆匆跑进了院子，手里拎着个破了大洞的麻袋。

“姑、姑娘。”那年轻男子气喘吁吁地唤道。

待到男子一定睛，看到眼前只是一个十一二岁的小女孩，他的脸便微微红了，踌躇着是不是该改口叫一声“小妹妹”。

初荷倒是喜欢这个新称呼，用自以为成熟的口气笑问：“这位公子，有何事啊？”

年轻男子也没再多想，有点急切地问：“姑娘，我、我的头丢了，你可看见了我的头？”

日后，薛怀安每次回想起这段过往，便会不由得笑出来。

若是初荷恰巧在旁边，他就会再次不厌其烦地问她："初荷，你当时怎样想我的？"

初荷总是用那双黑白分明的眼睛瞪他一眼，做出隔空扇他耳光的手势。于是，他配合地表现出惨兮兮挨打的模样，头随着初荷的手左右摆动。她若是不停手，他便继续摇头晃脑下去。

一般情况下，初荷这样假装打了十来下，就会扑哧一声笑出来，再瞪薛怀安一眼，扭头去忙自己的活计，留下他一个人在那里傻乐。

时过境迁，这件事如今已成了谈笑之资，但薛怀安知道，那时候初荷的确被吓得不轻。

他记得她一听自己这样问，便把眼光投向花影下面，紧接着"啊"的一声，惊叫出来。

"薛怀安的头"就躺在那丛花下。

那是一个刚刚割下、控干了血、用石灰做过简单处理的黑人头颅，脖颈处仍然凝着血迹，凹陷的眼睛紧闭着，厚实的双唇已经没了血色，泛着带紫的青白之色。

薛怀安顺着眼前小女孩惊恐的目光看去，立刻喜上眉梢，乐颠颠地跑过去，拾起头颅，一边察看一边说："多谢，多谢姑娘！"

初荷不知这"谢"从何来，此刻也顾不得这些，只想抬腿往屋里跑，可是一双腿好似软成了两根面条，无论如何也拔不起来。

薛怀安见头颅没事，才想起面前还有个吓呆了的小姑娘，转头温和地微笑解释道："姑娘莫怕，在下是锦衣卫校尉薛怀安。这个头是港口英国海船上一个刚死的黑人水手的，在下这是拿去解剖研究一下，看看黑人的头脑与我等的构造有何不同。"

初荷一听说他是维护治安的锦衣卫，扑腾乱跳的心总算稍稍安稳了些。

只是眼前这个年约弱冠的青年穿着一身青布长衫，哪有半分锦衣卫的模样？再瞧瞧那个黑不溜秋满头短短卷毛的头颅，只觉得泛起一股恶心，便是半句话也说不出来了。

“敢问这位官爷，是在哪位总旗下面效力？”初荷身后忽然传来阿公温厚的声音。

薛怀安闻声看去，见是一位气宇轩昂的老者，须发花白却神采奕奕。

他连忙躬身施礼道：“老丈好，在下是南镇抚司福建泉州府港务千户所下辖永宁百户所李抗李总旗所属校尉薛怀安。”

面前年轻的锦衣卫一口气不喘就报了这么一长串出来，老人家听得忍不住笑问：“年轻人，你对别人都是这样自报身份的吗？”

“差不多吧，如果人家问的话。”薛怀安答话时眼睛透着迷糊，不大明白眼前的老者为何如此问，难不成这么有条有理、细致全面地报出名号，有什么不对吗？

初荷撇撇嘴，觉得这人怎么好像少一根筋似的，原本的害怕顿时减了大半，加之一旁有阿公依仗，胆子顿时大了起来：“你只用说是永宁百户所李总旗下辖就好了呀，说那么多做什么，臭显摆吗？什么福建泉州府的，难不成我们还会以为你是从福州府来的？”

“福州府没有一个叫永宁的地方，你们自然不会这么想，但是广东省和四川省都有叫永宁的地方，我若像你方才那样说，不是会让人误以为我是广东或者四川来的吗？”

若是寻常人这么回答初荷，她一准儿以为这是在和自己抬杠，但眼前的青年神色认真，倒不像是在逞口舌之快，而是的确这么认为。

初荷心中好笑，只觉这人倒真是傻得可以，讥讽道：“是啊，这位官爷真是思虑周到。你不说清自己是哪里的锦衣卫，说不定有人还以为你是北明的锦衣卫呢。”

“那倒不大可能。北明与我南明对峙近百年，他们的锦衣卫决不会这么明目张胆地在咱们的地头上自报家门。”薛怀安居然没听出初荷

是在打趣他，继续一本正经地回答。

“难说。比如换作你吧，我看你就算是身在北明或者满人的大清，还是会明目张胆地说，我就是泉州府锦衣卫。”

“在下哪儿有那么傻？”薛怀安说完，挠挠头，看看眼前鬼鬼笑着的初荷，终于有点儿明白过味儿来，“姑娘，你这是在暗讽在下呆傻吧？”

“哪有，哪有，锦衣卫哥哥，你多心了。”

“但在下看来，分明觉得有一些。”

“那可真是你多心了。你呀，真是太敏感了呢。我爷爷说，这是潜在抑郁型气质的外在表现，这样的人，精神都像花儿一样娇嫩，一受打击就会枯萎。”

“真的吗？‘抑郁型气质的外在表现’？”薛怀安把最后的这个陌生概念又来回念了几遍，越念越觉得很有点儿了不起的感觉，望向初荷阿公的眼神便越发恭敬。

“老人家，你们可是从北方搬来不到一两年？”薛怀安问。

初荷的阿公略有些吃惊：“这位官爷怎么知道的？”

初荷不等薛怀安回答，抢白道：“爷爷，他听口音就知道了呗。哦，这不，我叫您爷爷来着，北方人才喜欢这么叫的。”

阿公摇摇头道：“当年李自成作乱、清兵南下之后，北方人移居此地的很多，光凭这个，可看不出我们才移居此地不过一两年。”

薛怀安一指小池里的荷花，答道：“贵府的荷花是栽在盆子里再放入水中的吧，从这里能看到水中盆子的边沿。”

初荷顺着他手指的方向望过去，隔着清浅的池水，果然看见埋在泥里的荷花盆露出一道盆边儿。

“如果是本地荷花，直接种在泥里就好，但如果是名贵的品种，又是从别处用花盆移栽来的，种花人害怕荷花不适应本地土质和气候，就往往先在原来的盆里养上一两年，等到适应了气候再挪出盆来。”薛怀安继续解释道。

阿公赞许地点点头："不错不错，再加上口音，你自然就能猜出我们刚从北方搬来一两年。官爷有这等眼力与推理，一定不是负责地方治安的锦衣卫，大约是专管刑事侦缉的吧？"

"正是，不过在下刚从书院出来，被征入锦衣卫没有多久，只懂得些书本知识，一切实务还要从头学起，这人体的奥妙便是其中之一。"说罢，薛怀安把手中的人头往前递了递。

初荷不由自主又往后退了半步，面对那颗黑头，阿公倒是镇静如常："你手里那麻袋漏了，这颗头颅你这么拿着走在外面总是不妥。来吧，你先跟我进来，我让儿媳找块布给你包一包。"

薛怀安闻言恍然大悟，捧着那颗脑袋略一施礼："对啊，老丈说得有理，那就多谢了。"

自从那日薛怀安跟着阿公进了屋子，从此便成了初荷家的常客。

她阿公早年四海游历，跟着商船到过英国和土耳其，也曾随驼队穿越沙漠，一直向西走到了意大利，故此讲起当年的见闻，便会滔滔不绝。时间长了，家人早就耳朵起茧，难得薛怀安每次都听得津津有味，老人家讲多久，他就能听多久。

初时，初荷以为薛怀安是假装有兴趣，来讨好老人家。后来发现，这人即使听到了重复的故事，仍然是眼光炯炯、兴趣盎然的样子，还喜欢和阿公讨论，当真是饶有兴趣。

这人啊，可真是个呆子！初荷在心底里这样笑他。

而薛怀安喜欢呆在初荷家的另一个更为重要的原因，是初荷的爹爹。

她爹学问渊博，于数学、物理、化学及哲学上都有很深的造诣，但隐居于此地，不为人知，只是间或用笔名刊发些书籍文章，被薛怀安恭敬地称为大隐士。

薛怀安因为家庭变故，没能完成在书院的学业，这一直是他心中的遗憾。故而遇到如此良师，犹如久旱逢甘霖的秧苗一样，恨不得一股脑学走初荷爹爹的全部知识。

初荷的爹爹原本也就是随便和薛怀安聊聊，后来偶然知道了他的经历，便顿时来了兴趣。

说起来，这薛怀安也算有些来头。

他父母年轻时游学英国，在剑桥生下薛怀安。10岁时他的父母不幸去世，可南明的薛家人却无法很快赶来，接回已然成为孤儿的薛怀安，于是他父母的导师牛顿教授便将他接至家中抚养。

老教授在闲暇时以教导薛怀安学问为乐，虽然只有短短不到三年时间，却让他受益良多。

“牛顿教授是一个怎样的人呢？”初荷爹的口气里夹杂着崇敬与好奇。

薛怀安想了想，觉得一两句话也说不清楚，但还是尝试着描述了一下这位被人们无比敬仰的老者：“他没有任何娱乐，不散步，不下棋，不打英国牌，常常忘记吃饭。脾气温和内敛，但外人看来可能有点呆呆的吧。”

初荷在一边听了，忍不住笑着插嘴：“怪不得你是如此的脾气，原来是幼时就沾染上了呆气。对吧，花儿哥哥？”

“花儿哥哥”是初荷给薛怀安起的名字。她自幼长于北方，说话“儿音”略重，语速又快，“怀安”两个字被她连读，念出来又加了个“儿”做后缀，听着便很像“花儿”。于是，初荷干脆就叫他“花儿哥哥”。

薛怀安被起了这样的绰号，也不生气，由着初荷拿自己开心。初荷见怀安好脾气，又几乎每天都泡在自己家，一日三餐天天不落，就更是明目张胆、理直气壮地欺负起这朵娇弱的小“花儿”来。

2 树

转眼,薛怀安在初荷家已经蹭吃蹭喝了半年。

他无父无母又尚未娶妻,加之并非泉州人士,客居此地不久,只得两三朋友,生活很是冷清。只是他心上有三分痴性,平日埋头于自己的喜好研究中,闷了就弹弹月琴舒心,倒也并不觉得寂寞凄清。但是自从认识了初荷一家,只觉与她家人处处对了脾气,加之她家每日饮食都很是美味讲究,便几乎天天来报到,晚间每每与初荷爹爹和爷爷聊得晚了,就干脆宿在她家,日子一长,俨然成了一家人。

年关将近的时候,初荷念的公学放了假,却不知她中了哪门子邪,天天把自己关在屋里,鼓捣着自己的小秘密。

"臭丫头,快出来!你不是说要陪我玩儿的么?"槿莹在初荷房间门口,一边用力拍门一边大声叫着。

槿莹是初荷在公学的好友,因为父母去云南做生意,赶不回来过年,她家中又再无他人,便被初荷邀到家中,来过假期。

谁知初荷不知着了什么魔障,自从放假以来,便一直把自己关在屋里,问她在干什么,却一个字也不说。初荷娘去检查她屋里究竟藏了什么古怪,却发现这丫头比藏骨头的老狗还要狡猾,屋子收拾得一干二净,什么东西也翻不出来。

“你先去和我爷爷、爹爹玩儿去。”初荷冲屋外叫。

槿莹有些恼了，气哼哼地双手叉腰，隔着门嚷道：“真讨厌，分明是你叫我来的，现在却成天自己躲着。我走了，不住你家也罢！”

这话本来是吓唬的意味更重些，但是屋里的初荷却连句挽留的话也没有，似乎根本没有听见。

这样一来，原本还有几分虚张声势的槿莹真的恼了，一跺脚转身就走，不想被正好过来的初荷娘一把拉住，柔声劝道：“槿莹别生气，这孩子就是这样，有时候一根筋得很。”

“她也太欺负人了。”槿莹带着哭腔，委屈的泪水在眼眶里打转。

“来，你先去前院儿，他爹爹和阿公都在扎过年的彩灯呢，可有趣了，我陪你去看看，回头我再教训这个死丫头。”

初荷在屋里听见门外两人的声音远了。之后没多久，隐约传来一阵金属敲击的声音，以及短促尖锐的呼叫，外面似乎发生了什么混乱，紧接着，门被“咚”的一声撞开了！

初荷正在看书，抬头见是娘生生撞开了门，心中甚是诧异，心想娘一定是气急了，否则怎么骤然犹如打通了任督二脉一般，生出了如此神力，竟然能撞断门闩。

她下意识地把书往后一藏，赔着笑脸道：“女侠息怒，我这就去陪槿莹。”

然而娘此刻的神色却慌乱异常，也不搭理初荷，回手一关门，紧接着将门边的一只矮柜费力地推过去堵住，然后扑过来，双手抓住初荷的肩膀，以一种初荷这一生都不会忘记的绝望口气冲她低吼：“不许出声！无论发生什么都不许出声，不许出声！”

初荷不知出了什么事，本能地害怕起来。

她只觉得娘的手指几乎要插入她的身体，于是两个人的身子犹如契合成一体一般，不可控制地一同颤抖。

她想问，却不敢出声。

初荷娘快速扫了一眼屋子，拽着初荷来到一口大檀木箱子前。

那箱子是用来装被褥的，因为这几天正赶上南方冬季少有的晴好天气，里面的褥子都被拿出去晾晒，此刻正好空着。

初荷娘将箱底的木板掀起，露出一个一尺深的地穴，刚好够初荷平躺下去。

“躺下，不许出声！”娘的声音从未如此不容抗拒的坚硬，可是又于这坚硬中渗出无法掩藏的恐慌。

说话间，初荷娘几乎是把初荷塞进了地穴。

初荷只觉眼前一黑，头顶的木隔板猛地砰然盖了下来，顿时将她锁入一个幽暗、狭小的空间。紧接着，她听见头顶上微微有响动，木隔板缝隙透进来的几缕光也被挡了个严实。

她感觉，有什么东西正压在了隔板上，接着便是关箱盖的声音，隔板微微一沉——似乎是娘跳进箱子，并关上了箱盖。

初荷有些喘不过气来，心头慌乱不安，蒙眬预感到有什么可怕的事情将要发生，刚想开口询问，就听隔板那边娘又说：“不许出声，无论如何都不许出声！”

这一次，娘的声音已经变得冷静，异乎寻常的冷静，仿佛一位能够预见到未来的智者，就算站在鲜血与烈火交织的修罗道前，也不会心生慌乱。

片刻令人窒息的安静之后，传来门被撞开的声音，初荷听见一个有些发闷的男声：“那婆娘一定是逃到里面了，搜！”

接着，便是极其轻微细碎的脚步声，似乎有两三个人正快而轻地在屋子里走动。

仅仅一息之间，有个尖利些的男声便说：“估摸就在那口箱子里了。”

话音一出，初荷连害怕的工夫都没有，就听见箱子“砰”的一声被打开，接着便是娘的一声尖叫。

在凄厉的叫声中，隐藏于黑暗中的初荷听见一种奇异的、永生不能忘记的声音。

那是金属切入身体时的锋利，血肉与刀剑摩擦时的震颤，灵魂飞离肉体时的诀别，即使从未有过这样可怕的经验，年幼的女孩儿也几乎是在一瞬间便明白了一切。

不许出声，无论如何都不许出声！

她的喉咙被套上了娘的咒语，连本能的惊叫也无法发出。

世界在那一瞬静寂下来，悲伤或是惊恐都不再存在，连心跳也似乎停止。在幽闭的黑暗空间里，黏稠的液体渗过了木板的缝隙，一滴一滴落在她的脸上，再滑入她的唇中，这是初荷唯一的感觉。

鲜血是温暖的，她这样想着，在被光与热抛弃的世界里，安静得犹如死去了一样。

"这里似乎是小孩子的房间。"低沉的男声响起来。

"嗯，先去书房搜搜，这里大约不会有什么了。"尖利的声音道。

"还是先搜搜这里吧。"

"先去书房，反正一家子都被杀光了，这些无关紧要的地方一会儿再来也不迟。"

"那分头，我查完这里就过去。"

初荷听见那个有着低沉声音的男子又开始四处翻东西，接着脚步声再次回到木箱边上，然后是箱子被打开的响动，那人似乎要再次检查一下木箱。

就在这时，初荷觉得眼前微微一亮，木板上的重压骤然消失。

突然，娘凄厉的嘶吼响起："你杀了我女儿，我和你拼了！"

初荷心头一惊，难道娘刚才没死？这是她跳出木箱去了？

然而在短暂的搏斗声之后，初荷便听见一个重重倒地的声音，接着是一串咒骂："他奶奶的，这臭婆娘命还挺大，我看你这次死绝了没

有！”

话落，又是三四声兵器插入肉体的声音，之后，那脚步声便渐渐离开了房间。终于，只得初荷一个坠入了寂静无声的地狱。

薛怀安找到初荷的时候，以为她死了。

他掀开木板，看见浑身是血的小女孩睁着一双空寂的眼睛，没有恐惧或者悲伤，像是魂魄已经被谁抽离出她的身体。

他一把将初荷抱入怀中，失声地叫她的名字，然而，他立刻惊讶地发现，她的身体是温热的，她的鼻息轻轻打在他手上，让人想起蝴蝶的翅膀扫过皮肤时那脆弱而微小的触感。

她还活着！

意识到这一点的刹那，薛怀安忍不住落下泪来，几乎要跪地叩谢老天的慈悲。

他迅速地检查了一遍初荷的身体，发觉并没有任何损伤，于是大声地呼唤她的名字。

初荷犹如一个没有灵魂的木头娃娃，毫无反应，眼睛直视着地上娘亲的尸体。

尸体上有四五处伤口，其中一处正在胸口，鲜血在那里与衣服凝结成一大团，像极了一朵浓艳的血玫瑰。

初荷只觉得那玫瑰正在不断变大，火一样燃烧着，眼里只剩下漫天漫地的红。

那红色浓稠焦灼，迫得她只想大声地嘶叫。

然而，她叫不出来。

从那天开始，初荷失去了声音。

薛怀安细细搜索了初荷家的每一个角落，可仍然找不出凶手留下的蛛丝马迹。所有的证据从表面看起来，似乎都只是一桩普通的入室抢劫杀人案。

“但是，这绝对不是一桩简单的入室抢劫杀人案！”薛怀安肯定地说。

“为什么？这家不是的确有被盗的痕迹么？”锦衣卫总旗李抗问。他是事发之后，薛怀安唯一通知的人。

“杀人满门，又不留任何线索，这算得上是一伙老练的悍匪了吧。但是这么一伙人为何会毫无征兆地出现在此地？按理说，要是本地有如此强悍的黑道，方圆五十里以内必有耳闻吧。”

“也许不是一伙人，而是一个人，因为什么原因突然起了歹念。”

“他们家中有两个成年男子，再加上小孩和妇女，若是一个人冲进来干的，就算再怎么凶悍，响动能小到邻里都不曾发觉？”

李抗年约四十，略有些中年发福，干了二十来年锦衣卫，也只是一个百户所内下辖五十人的总旗。

他于刑名断案没什么特别的本领，好在经验丰富，为人正直，对有学问的人向来佩服，此时听薛怀安说得如此肯定，很干脆地问：“薛校尉，这案子你究竟怎么想的？”

薛怀安先是回头撩起身后马车厚实的挡风帘子，确认初荷的确是睡着了，才引着李抗往院门口走了几步，指指那在冬日里萧瑟寥落的庭院。

在南方冬季阴冷的风中，庭院虽仍青翠，却远没有其他季节百花争艳、蜂蝶竞舞的热闹繁华，蜿蜒的石子小路上，一道鲜血汇成的小溪顺着石子间的缝隙流淌到将近院门处，才干涸凝结。

“下手狠毒准确，每一击都伤在大动脉上，才能造成如此大的出血量。”薛怀安说。

他尽量把声音放得客观而平静，然而眼睛内隐隐藏着的怒火，却烧得分外炽烈。

“还有，这家人住在海港附近，院子的后门就是一条河，门口系着一条维护得很好的小船。这说明，他们随时准备离开或者说逃走。所以我想，他们隐居在此处，原本就是要躲避什么仇家。而现在看来，可惜最终还是被仇家寻到了。”

“你这么说虽然有些道理，但还是猜测和推论居多。即便如此，你想怎么办呢？”

薛怀安对着李总旗深施一礼，恳切地请求：“总旗大人，这家幼女的躲藏之地并非什么很难发现的隐蔽所在，她母亲敢于将她藏在那里，是因为料定匪徒的目的是灭她满门。因此，既然那个叫槿莹的小女孩做了替死鬼，匪徒便不会再去费心寻找她家真正的孩子。所以，卑职恳请总旗大人封锁消息，只说这一家四口已然尽数被杀，卑职则负责保护这孩子，早日缉拿凶手。”

“照你这么说，这孩子可能知道仇家是谁？她现在情形如何？”

“她大约是受惊过度，现在还不能言语。”

李抗听闻，眉峰一蹙，露出同情之色：“好吧，且依你的推断行事。我于泉州城内认识极好的西洋医生，明日便可请来为她诊疗。”

然而，无论是西医还是中医，都无法治好初荷的哑病，甚至，无法让她开口吃些粥饭。

到了第三天上，薛怀安突然好脾气尽失，一把将卧在床上奄奄一息的初荷拽起来，劈头盖脸地喝斥：

“你想死是不是？好，你可以去死，但是死之前你要先搞明白，你这条命是怎么来的！你娘原本是你家唯一有机会从后门乘船逃走的人，可是为了跑来救你，宁愿失了时机。

“你知道她为什么要躲在那箱子里么？那是为了掩护你：有了她，匪徒才会忽略隔板下面的玄机。你的命是她的命换来的，你死以前先想好，如此自暴自弃，你怎么去黄泉见你娘！”

其实这话还未说完，薛怀安便后悔了。他一向脾气甚好，虽然说年长初荷十岁，算起来也是半个长辈，可平日对初荷从不曾说过一句重话，然而此时骂也骂了，本就于人情世故上不甚圆通的薛怀安一时间根本找不出什么话来回旋，支支吾吾半晌，说不出一句道歉的软话，一下子急出一脑门子汗来。

初荷看着怀安，小小的一张脸上瘦得只剩下一双大眼睛。

好一会儿，她缓缓抬起手，轻轻拭了拭他额角的汗，毫无征兆地无声哭泣起来。

那也许是这世界上最寂静的哭泣吧。

透明的眼泪顺着眼角安静地流过面颊，嘴唇抖动着，流泻出心底无法言语的悲伤。

怀安长长舒了口气，将初荷拥在怀中，想：她终于哭了，一切都会好的。

可是即使用了各种办法，初荷仍然不能说话，西洋医生说这叫失语症，中医郎中说这是郁结于心。

案子的调查也没有任何进展，初荷不知道自己家里究竟与何人有仇，甚至连亲戚也不知道。由于她家是从北方的大清移居南明，薛怀安于户籍卷宗中也找不到任何线索，更无法联系到她的其他亲友。于是，他便成了初荷的临时监护人。

日子一天天过去，初荷的身子总是病着，直到夏天将至的时候，才算好透了。

那天初荷心情好，坐在院子里看着怀安布置的小小花园。

那花园比她家原本那个寒酸太多，连一洼小池也没有。她从家里搬来的荷花只好重新又种在了花盆里。

此时，小荷已经抽出尖尖角，翠绿的荷苞顶上是一抹淡粉，那颜色鲜嫩诱人，让人不由得万分期待花开的样子。

怀安站在初荷身后，对她说：“我在想，既然暂时不太可能查出更多线索，我们只好从长计议。”

初荷转过脸看他，眼神沉静，似乎知道他有什么重要的事情要说。

“你这样待在我这里，时间长了总是瞒不住的，万一被那些仇家知道就难办了。我希望可以一直保护你，所以，你需要一个新的身份。我会疏通分管户籍的锦衣卫，给你一个新户籍，以后你就是我的表妹，姓夏，好不好？”

初荷眨眨眼，微微点头。

怀安心底掠过一丝喜悦，看向初夏白金般明亮的阳光之下那即将绽放的荷花：“名字就叫初荷好不好，夏初荷？”

初荷不言，又是点点头，轻轻笑着。

那天晚上，怀安照例在睡前去看看初荷，发觉那孩子忘记吹熄油灯便睡了过去。

他走到灯前，看见几案上放着一个用毛宣纸订成的册子，翻开的地方以大白话一样的文法写着一段奇怪的话：

南明安成六年五月十七，西历公元一七三二年七月八日，天气晴。

从今天开始，我的名字叫夏初荷，夏天最初的荷花之意。

花儿哥哥给我起这个名字，一定是希望我能够忘记过去，像即将开放的花朵一样迎接新的未来。

我会努力的，然而不是作为一朵花，而是一棵树，不依靠任何人、在风雨中也不会倒下的大树。

我要成为像大树一样可以被依靠的人。所以，从现在开始，必须好好吃饭，努力锻炼身体，不能哭泣，不能生病，不能贪睡，不能软弱，不做任何人的负担。

3 枪

“怀安，咱们调到惠安百户所几年了？”李抗问。

他如今是惠安百户所的百户，此时，正一边津津有味地把玩着一把火枪，一边有一搭没一搭地和薛怀安聊天。

薛怀安想了想，从初荷家中出事后不久，他随升迁的李抗调职惠安到现在，刚好满了两年。

现在，初荷 14 岁了，公学的学业已经完成，今后的去向着实令他头疼。

“你在看什么呢？”李抗瞟了一眼不远处似乎正在伏案看书的年轻人，问道。

薛怀安的案头放着一摞厚厚的卷册，他一边翻看，一边在一张纸上记着什么，头也没抬地答道：“给初荷找学校呢，合适女孩子念的书院还真不好找。既要声誉好，又要位置好，还要价钱好……总之，头疼死我了。”

李抗也有个待嫁的女儿，对这一点颇有同感：“是啊。你说这些丫头没事学个什么劲儿呢。公学，那是朝廷让念的，也就算了，但凡家里有个把闲钱，怎么都要撑着念完。可这再往后，还有什么学头？不如在家消停两三年，好好学点女红，嫁人就是了。”

“初荷是有潜质的，她应该继续上学。”

“是吗？那你可要想法子拼命赚钱了。那么贵的学校，你自个儿不就是因为没钱才上不下去的吗？”李抗说完，似乎是感觉到自己说错话，正正戳到了薛怀安的痛处，偷偷把眼睛从把玩的火枪上移开，瞟了他一眼。

薛怀安看上去倒是丝毫没把这话放在心上，只是拍着脑袋，仿佛想起了什么更加让人愁苦的事情：“可是，初荷的文才实在是太差了，这可真叫人揪心！去考书院的话，以她那样的文才，可是绝对要落第的。”

“哦？你看过她写的文章？”李抗巴不得可以把话题岔开。

“是啊，就看过一次，简直写得糟透了，就和大白话一样，完全没有文法，看了半天也不明白她在写什么东西。我当时就觉得头大，心想都这么大了，也念着公学，《论语》这些总是读过的吧，怎么会写出这样的文章来，真是愁死人了。”

“是么，真有那么糟糕？这倒是奇怪了，你不是说她家学渊博吗？”李抗摆弄着枪，心不在焉地迎合着。

“是啊。后来我问她，她便气急了，说我再不可翻看她写的任何东西。还说那样写东西的文法，是打她太爷爷那里一代一代教下来的，要我不要管。她说，太爷爷说过，终有一日，咱们都要那么写东西的，还说……”

薛怀安话还没说完，只听李抗一拍桌子，大呼一声：“好枪，真他娘的是把好枪！”

“哦？”薛怀安略略表达了一下关心，心中却仍在烦恼着初荷的事情，眼睛继续在各类书院的介绍册中逡巡，眉头不自觉地蹙起。

事实上，虽然身为锦衣卫，但他对枪械和兵器并没有什么兴趣，功夫也仅限于刚刚入籍锦衣卫时必须学习的长拳和少林金刚拳，比划两下也许还行，真与高手过招，恐怕就只有挨打的份儿了。然而他一直认为，作为一个刑侦锦衣卫，头脑比拳脚和武器都要重要得多，故此也从未起意去认真学学那些。

李抗却忍不住满腔的兴奋之情，拿着火枪三两步走到薛怀安面前道："你看！这是最新式的燧发滑膛枪，基本上是西洋火枪的构造，可是后膛和尾管采用了螺旋，用的是当年戚继光将军善使的鸟铳设计，真是绝妙啊。还有，你看这些齿轮和撞机制作得多么精巧，枪身大小只有一般短枪的一半，简直想不出是什么样的巧手造出来的。太精巧，太精巧了。好枪，真他娘的是好枪。"

李抗这般犹如少年人描述倾慕对象的热情介绍终于打动了薛怀安。他把眼睛从书册上移开，看了看，觉得这枪除了个头比一般短枪还要小上不少之外，完全看不出和自己用的锦衣卫标配火枪有什么天大的差别。不过，倒也觉得这火枪制作得确实精美，枪筒的金属部件打磨得极其细致，闪着银亮的光芒，木质枪托部分线条柔滑，呈现出圆润的美感，上面刻着一个小小的烫银菱形标记。

"这个标记是什么意思？"

那标记整体看是一个菱形，中间有一条由上到下贯穿的折线。

"这就是制造者的标记。这种枪去年年底才出现在市面上，我刚从一个聚众闹事的火枪手身上收来的。据说在枪市的价钱极高，杀伤力与那些粗制滥造的火枪大大不同，要一百两一支。就这样的高价，还不一定买得到呢。"

"啊？这么贵？"薛怀安这次忍不住惊叹起来，原本盯着这把宝贝火枪的迷蒙眼睛也于瞬间亮了。

南明的吏制俸禄优厚，就算是薛怀安这样的小吏，一个月也有十几两的俸禄。然而想想，一年不吃不喝才能买得起这样一把枪，薛怀安一时间有些不平："杀人的东西竟然卖出了天价，那些跟着起哄的，还真是脑袋被门夹坏了。"

李抗却是爱枪之人，马上反驳："你懂什么？这种枪后坐力小，射击更精准，射速更快，填装弹丸更简便，并且性能稳定，几乎不出问题。还有，击发之后枪后部冒出的烟火极小，不会伤害射击者的眼睛……总之，一百两绝不算贵了。你要想一想，如今这年月，还有谁花这么多耐性，用手工打磨出如此精致的火枪？”

是了，如今这年月，谁有这样的耐心一寸一寸地打磨一支火枪呢？

此刻是南明安成八年，西历公元一七三四年，整个世界躁动得犹如即将破茧而出的蝴蝶，哲学、物理、化学、医学、机械……几乎所有人类探索世界的利器都在以过去数千年来前所未有的速度向前疾进，似乎只要再添上一把力，桎梏住世界的茧就要被冲破了。

所以，人们更关心的是速度，是如何在更快的时间里造出更多的东西，积累更多的财富，获得更大的权利；而又是谁有这样的心性，把精力消耗在一把就算再精美也不过是凶器的小小物件上？

——这些原本是李抗激荡在心中，却还未来得及说出的华丽潜台词，然而，在撞到薛怀安懵懂且游离的眼神时，他顿时丧失兴趣，把话咽回了肚子。

薛怀安没有意识到这把火枪引发了面前这个中年男人哲人式的思考，心思仍然牵挂着初荷的学校，应付性地嗯嗯啊啊了几句，便继续研究那些学校卷册去了。

李抗在一旁却开始觉得无聊，已经打开的话匣子一下收不回去，只得在薛怀安身边磨磨唧唧地转了两圈，企图再找个话题出来，由此不觉细细观瞧起认真翻看卷册的薛怀安来……

只见这年轻的锦衣卫半拢着眉，侧脸的线条因而有了一种生动的张力；双眉生得极好，不浓不淡，有缓和而修长的弧度；眼睛不大，加之是单眼皮，故而平时也不觉得如何有神采，可此刻摆出一副认真思索的模样，神思凝于手中的卷册上，那双眼便也异乎寻常地明亮起来，让整个人呈现出安稳凝重之感。

突然，李抗把手往薛怀安的肩上重重一按，以无比恳切的语调道：

“怀安，不如你娶了我的女儿吧。虽然你说不上太俊，家世单薄，俸禄也不高，人还呆，反应迟钝，不懂风情，又太瘦，力气还小，但她嫁给你，我放心。”

薛怀安有些迷茫地把眼睛从卷册上移开，前一瞬还炯炯有神的双眼顿时蒙上一层懵懵懂懂的雾霭。

他看着一脸认真的上司，好一会儿，才慢吞吞地说：“李百户，我想起来家里的酱油没了，现在是午休时间，我出去打趟酱油啊。”

说完，他脚底抹油，一溜烟儿地跑了。

4 忆

菱形，中间有一条由上至下贯穿的折线，对于夏初荷来说，这是荷花花蕾的标记。

初荷第一次摸枪，大概只有四岁，那是在太爷爷的百岁寿宴上。

这样的日子，在别家都是要大肆庆祝的，可是她家人丁少，除去她，只有爷爷和爹娘而已。太爷爷的朋友们更是纷纷熬不住时间的折磨，早早作古，因此这个珍贵的百岁生辰并不比平时的家宴有什么格外的热闹。

那时她年纪小，搞不懂爹爹为何老让她去向太爷爷撒娇嬉闹。可现在，只剩得孤身一人，她才忽然明了，父亲大约是看出了那位百岁老者心中的寂寥了吧。

有的时候，活得比别人长，也不见得是一件好事，因为一切只意味着更长时间的孤独而已。

初荷这样想着，不自觉地轻轻叹了口气，继续拿丝棉擦拭着手中的火枪。

她记得百岁寿宴上，太爷爷喝得有点儿多，带着醉意拿出一支火枪来，教她如何拆装。她不懂事，只觉得如同玩具一般有趣，从此便缠着太爷爷要枪。

四岁时的记忆零星模糊，初荷不能完全想起那枪的构造模样，可是仅凭着残留的记忆，她也肯定，那是一支即使在如今来看，也是超一流的火枪。

现在，当她自己开始着手制造火枪的时候，就了解到想要创造出一把完美的火器并不容易。但那时，初荷不懂得珍惜，常常把太爷爷造的枪拆了又装，装了又拆，或者把不同枪支的零件胡乱安排一通，甚至还丢失了不少。

不过太爷爷并不介意，甚至很是高兴。他常说初荷于枪之道极有灵性，强过她爷爷和爹爹甚多。

等到她再长大一点儿，大约是七八岁上，太爷爷开始教她练习射击。

他在她的手臂上绑上沙袋，日日带着，锻炼臂力。又让她每天举枪瞄准，寻找抬手就射的感觉。他更一遍一遍地让她练习拆卸枪支，充实火药和弹丸，以至于初荷相信，最后她做这一切的速度恐怕要强于任何一个受过严格训练的火枪手。

当然，这件事与天赋的关系不大，速度快也不过是因为太爷爷对她的训练严格而已。一直以来，老人并非是以对一个孩童的尺度来要求她，而是严格得俨如对待一名士兵。

初荷的爷爷和爹爹并不能完全理解老人家的想法，不过当一个老人活过了百岁，人们便总是会纵容他，事事随他意就好。更何况，初荷原本是有些娇气的，被太爷爷这样一训练，倒是改变了很多。

初荷自己也想不明白，当年的小小女童怎么会坚持练习那样枯燥而辛苦的事情，也许是她希望像太爷爷那样，一抬手就可以击落树上的野果，但也许只是因为，命运在冥冥中早已注定。

太爷爷在初荷 10 岁那年寿终正寝。在他离世的时候，嘱咐儿孙一定要在他死后去南明定居，又将一只装有太奶奶首饰珠宝的木匣送给了初荷。

初荷在葬礼后打开木匣，发觉里面的簪花和玉镯看上去都甚是名贵，她不敢收着，拿去给娘，可娘却笑笑说："这是太爷爷给你的，一定有什么深意，我想在他看来，继承他衣钵的人，只能是你吧。"

想来那时的母亲是不会、也不可能知道木匣中暗藏的蹊跷的，但的确，事实被她说中了……

初荷发觉木盒的秘密时，正是那个全家遭难的冬天。

之前她家操办太爷爷的丧事，变卖家产，长途迁徙到南方，再安顿下来颇费了一番精力。待到初荷有时间细看太爷爷送给自己的遗物时，离老人家过世已有差不多两载。

开始，她不过是把玩一下那些珠宝，心里美美地描画一番自己出嫁时簪金佩玉的模样。后来觉得无聊了，便开始研究起木匣子来。

那木匣的容积颇大，一尺见方，没有过多的雕饰，但是打磨拼接得极为精致，如同太爷爷制造的那些火枪一般。然而如果仔细看的话，这盒子从内部看的感觉比从外部看起来要浅上一些，似乎是一个底子很厚的木匣。

初荷心中闪过一个念头，只觉这厚厚的底部其实可以挖空了藏些东西。太爷爷深通火枪中各种机簧和擒纵的制造，这样的机关只要在匣子中装上一个机栝应该就能办到。

初荷敲了敲盒底，听起来声音很实，可是她仍然不死心，不知为何生出一种执念，认定了太爷爷不会只是单纯地送她些珠宝，直觉告诉她，在他们之间应该有比珠宝更为重要和紧密的联系才对。

初荷想了想火枪上击发弹簧机关的构造，将木匣平放在地上，用力向下一压——木匣没有任何变化。

她努力回忆着太爷爷那些关于枪械构造的只言片语，心想：如果他老人家并不是按照滑膛枪回撞机关的原理，还会怎样来设计呢？

她再次下压木匣，同时逆时针一转，便听见卡啦一声微微的响动，木匣的底部应声脱了下来。

初荷会意地一笑，低声自语："左轮枪。"

"机关在击发的同时转动。"太爷爷有一次这样说起一种枪。那是他最为喜欢的一类火器，据说非常实用，特别是在处理哑火问题时既简单又安全，并且击发出去的是叫做子弹的东西，而不是一般火枪所使用的弹丸。

"但是，我都没听说过呢。这是一种火枪么？子弹又是什么？"那时的初荷好奇地追问。在她的记忆里，这还是第一次听说"子弹"这个名词。

太爷爷的脸上露出一种似乎是说漏了嘴的尴尬，好在他的眼睛因为衰老变得浑浊，可以轻易地隐藏起情绪。他并不作答，只用呵呵的笑声便掩盖了过去。

但是敏锐如初荷，还是抓住这问题不放，就算当时被糊弄了过去，隔三岔五还是会想起来，问问左轮枪的事。

太爷爷知道初荷的脾气倔强，又是打破砂锅问到底的性子，一直糊弄下去也不是办法，终于有一次与她约定说："等到你大了，太爷爷一定和你讲个明白。"

初荷粉脸挂霜，嘟着嘴，一脸的不满意："太爷爷，你都 100 多岁了，我要长到多大，在你眼里才算够大了？"

"等你可以扣动扳机的时候吧。"

"当真？"

"当真。"

初荷虽然一直练习臂力，但太爷爷说她年纪还小，受不住火枪的后坐力，无论怎样也要到十四五岁以后，才可以真正去扣动扳机开火。如若那时臂力不够，也许还需要再等一等。可初荷的牛脾气上来，从此比以往锻炼时更加卖力，存了心要提前拥有扣动扳机的力量。

然而太爷爷毕竟还是失了约，在初荷还没有练就足够的臂力时，就先走了一步。

初荷打开木匣底部，果然见到一个中空的夹层，里面放着一本写得密密麻麻的小册子。封面上是《枪器总要》四个楷书，正是太爷爷的字迹。

她不及细读，先速速翻了一下，正看见一幅插图上画着一把从未见过的短枪以及拆分图，旁边写着"左轮枪"几个小字。

她心中想起往事，忍不住叹了口气，自语道："原来太爷爷并没有食言啊。"

初荷本以为这书是太爷爷专门写给她的，然而翻开一读，才发觉到，这更像是一部写给后人的书。在序言中，太爷爷用他习惯的文法写道：

鉴于我对这个世界造成的过错，沉默也许是最好的选择。然而，对于枪械的热爱，让我还是忍不住地提起笔来。

中国人作为很早就懂得使用火药、炼制焦炭和锻出精钢的民族，却被火枪的时代所抛弃，其中缘由耐人寻味。

本书仅以我所知所能，讲解武器制造的奥秘，也许能使看到此书、比我更具智慧的人找到这世界未来的出路。

然而，我希望读到此书的人能够明白，这本书可以制造出毒害这个世界的毒药。当你不能确认自己有足够的心智去研读它的时候，请合上书页；当你不能确认这世界的人们有足够的心智掌握书中所载武器的时候，请不要尝试制造它们。

否则，你将把你的世界提前推向毁灭。

尽管初荷不能透彻理解序言的意思，还是不由自主地有些紧张。但巨大的好奇心让她没有办法控制自己不去看这本书。

那些日子，她不去陪伴暂住在家里的槿莹，也懒得搭理父母和爷爷，一个人没日没夜地研读着这本"世界的毒药"，犹如中了魔障一般。

现在想来，初荷便会觉得万分后悔，如果当初知道此生再也见不到爸爸、妈妈、爷爷和槿莹，那些日子，原是应该多与他们说说话的……

初荷完成了火枪最后的擦拭工作，轻轻舒了口气，看着自己精心制造的杰作。

她纤细的手指轻轻拂过属于自己的烫银荷花标记，神思不觉飘远。

扳指算算，自己制作火枪大约已有两年时间，第一支枪从用钢钻一点一点钻磨枪管开始，到最后完成，用了大约半年时间。其中钻枪孔是最为耗时的步骤。

她先从铁匠那里订来由两块锻铁打在一起的细铁管，再用钢钻在原来管洞的基础上一点点研磨，大约用了两个月的时间，才凿出厚度十分均匀的完美枪管来。

而市面上大多数的火枪，在铸造枪管的时候，仅仅是铁匠用一根冷铁棍儿做芯，然后把两块极热的铁围绕在铁芯上锻打和焊接，同时转动铁芯，最后再抽出来制作而成。

这样做快虽快，但是由于铸造工艺的水平有限，枪管的均匀度很难达到完美，不但对射击的效果有影响，更容易发生枪管爆炸的惨祸。

所以，当初荷第一次给祁家主人写信的时候，特意写明：精致火枪，手工磨钻，五两银订金。

祁家主人究竟是谁，初荷并不知道。

她最初知道这个名字，是从太爷爷留下来的《枪器总要》这部书中。

这书最后并没有完成，除去前面已经装订好的部分，还留有很多未装订的散页，而祁家主人的书信便夹杂在其中。

信的内容十分简单，不过是以 250 两银子的价格，订购了 5 支火枪而已。

当初荷有心思整理这些散页的时候，离家中惨剧的发生已有半年之久。一看到这封信，尽管她年纪尚幼，还是隐约察觉到有些不同寻常。

她心里一沉，仔细思索这信的意味，手心就微微出了一层薄汗，下意识地往门口看去，确定薛怀安不会突然闯进来，又来来回回把这简单的信读了两遍。

南明律不得私制军火，造枪售枪的商人一律要登记在册，而初荷知道，太爷爷显然是没有去登记过的。她忽然就想起家中出事后，薛怀安不止一次地追问她可知道家中有什么仇家，又或者曾经靠什么营生积累家财，那时她全然不知，唯有无力地摇头。

然而如今，她知道了，却终是下定决心不对他说。

5 误

薛怀安在德兴茶楼撞见初荷之前，正琢磨着要去哪里胡混掉这个午休，等李抗忘记了提亲的事再回去。

惠安是座不算很繁华的小城，平日里并没有什么案子。薛怀安的顶头上司李抗虽然官名是百户，但实际上手边除了他这个正正经经受过刑侦训练的校尉，剩下的都是些监管治安的锦衣卫，平日里分散在各处乡里，容易指使的只此一个。

故此，薛怀安不敢走远，遂进了离百户所不远的德兴茶楼。

这茶楼是惠安最热闹的所在之一，正午时分，会请来戏子清唱。

薛怀安是个戏迷，虽然这小地方并没有什么太过高明的伶人，但偷闲听听也颇为惬意。

此时戏还没有开锣，薛怀安四下瞧瞧，一想自己还穿着官服，被人看到这时出现多有不妥，便选了一个最僻静隐蔽的角落，半躲半藏地坐了下去。

不知怎的，戏子迟迟未到，薛怀安顿觉无聊起来，开始习惯性地观察起茶楼里的三教九流来。

最引他注目的，是一个坐在二楼雅座的年轻人：看相貌，年纪似乎未及弱冠，严格说来还是个少年，可是气质却很是持重，目光安静清冷，发束皂色方巾，身穿同色襕衫，腰配长剑。

出于锦衣卫的职业敏感，薛怀安喜欢对佩剑的人格外分析一下。

衣服上的灰尘略有些明显，神色微带疲惫，大约是才赶了不少路。他这样猜测。

身份嘛，打扮像个书生，书生中有好义气者，出门喜欢佩剑也不奇怪，可是，看那棕褐的肤色似乎常晒太阳，手指的关节粗大，仿佛也很有力，倒让人有些怀疑是个江湖人士了。他如此推断。

眼睛时不时瞟一下茶楼门口，看样子是在等人。等等，手是半握拳的样子，肩部的线条也显得发紧，看来并不是很放松呢。薛怀安注意到这一点，忽然觉得越来越有意思起来。

为什么会这样呢？如果是江湖人士的话，他在等敌人、仇家还是对手？都不像，如果是如此的话，他又显得有点儿过于放松。那么，究竟是在等什么人呢？

薛怀安正如此津津有味地研究着佩剑的年轻人，娇软清亮的清唱声悠然响起，原来是伶人开唱了。

豆蔻年华的伶人唱的是《西厢记》里红娘的一段唱词，薛怀安听了，猛然一个闪念，心道：哎呀呀，莫非这小子是在等心上人？难不成要与人私奔去也？

这念头让无聊的薛怀安顿时振奋抖擞起来，一时也忘了看戏，只顾着与那人一起盯住茶楼门口，等待着女主角的登场。

而初荷就是在这个时候，挎着一个蓝布大包袱，走进了德兴茶楼。

之所以挑选这里作为会面地点，只是因为初荷觉得，这里够热闹，而热闹的地方总是比僻静处更安全些。

她抬眼看向二楼雅座。

只见一身皂色的年轻人果然如往常一样比自己先到一步。两人的目光相遇，默契地互相点头示意。随即，初荷快步地走上楼去。

这细微的眼神交流被猫在一边偷看的薛怀安逮了个正着。他心头一紧，紧盯着初荷肩上的包袱，脑子里好一阵轰鸣，反反复复就只有“私奔”这两个斗大的字蹦来蹿去。

他只见初荷稳步走到佩剑少年的身旁落座，两人却一句话都不说，分明就是那种明明极其熟稔，却还要假装不认识的低劣表演。

初荷将包袱放在膝上，微微歪着头，佯装认真听戏。这样坐了一会儿，她才缓缓将包袱递到身边的年轻人手中，稍侧过脸去，弯唇友善地对少年微笑了一下。

不知道是当时伶人正唱到让人脸红处，还是因为身侧少女如三月烟雨一样浅淡透明的笑容着实让人心跳，年轻人沉静得近乎严肃的脸上现出一抹一闪即逝的羞赧。

他快速接过包袱，利落地打开结，低头查验起来……

包袱中除去应约交货的火枪，那支额外的新型枪支显然出乎他的意料。

他转头去看初荷，满脸疑惑，略略贴近她的耳边，低声问：“多少钱？”

初荷的眼睛仍旧盯着唱戏的伶人，也不言语，只用手比了个八字。

年轻人明白那是八十两白银的意思，但这个数目已经超出了他所能决断的范围。

他眉头一蹙，正身坐好，摆出继续听戏的姿势，没有立刻答应。

初荷像一个老江湖一样，并不急于迫对方表态，也如一尊小小的不动佛那般，静坐着听戏，脸上看不出分毫情绪。

年轻人用宽大的袍袖掩盖住膝头装火枪的包袱，开始暗地里摆弄起那支新款火枪来，脸上同样是不露心绪的淡定。

好一会儿，他缓缓做出一个格外明显的点头姿势，以极低的声音说：“好，成交。”

初荷终究还是年幼，忍不住就带着些许得意地甜甜一笑，伸出藏在袖中的小手，做出收钱的姿势。

年轻人便也笑了，将一只袍袖挡在胸前，半掩着从怀里掏出几张银票，只用眼角一瞟，就算出数目，扣了一张揣回去，将余下的收在袖口里，隐蔽地递了过去。

薛怀安看到这里，已经快按捺不住要跑上去抓人的冲动，额头上密密匝匝地布了一层细汗，心中愤愤地想：这两人根本就是在眉目传情！那个江湖小子将手用袖子掩着递过去，究竟是什么企图，难不成是去偷抓初荷的小手么？

可是一转念，他心里又不免觉得难过和迷惑起来，只觉得初荷背着自己决定了如此大事，难道是在自己这里受了什么委屈，竟然到了要丢下自己跟别人偷跑的地步？到底是没有给她吃好穿好，还是让她干的家务太多了？

正反反复复琢磨纠结着，薛怀安就见那年轻男子已经拿起包袱快步走下楼去，转眼便消失在门口。而初荷略等片刻，抬步也要下楼。

他心道一声：不好！那小子一定是去牵马了，此刻再不有所行动，初荷只要一步出门，就会跃上那小子的马背，从此远走高飞，天高地远，此生再也无从相见了！

他来不及多想，也忘了自己仍官服在身，大喊一声："等等，别走！"

在茶楼众人惊愕的表情中，他三步并作两步冲上楼梯，一把拉住初荷，平复了一下急促的呼吸道："等等，我和你一起去见他。"

初荷以为怀安看破了自己正在做什么，脸色瞬时变得煞白，嘴唇翕张，想要解释，却又说不出话来。

薛怀安为了初荷专门去学过唇语，此时心中混乱，看着那口型，似乎说的是"别管"两个字，心中蓦地想起当年与初荷的君子协定。

那还是在看过初荷日记的第二日，他忧心地跑去问她，在公学里究竟是谁教她文章学问。

待到初荷终于明白过来究竟发生了什么，顿时气得小脸铁青，抓过一支笔来，在纸上奋笔疾书："我爹娘从来不乱动我的东西，在我们家，这叫‘隐私’。”

只要一说起爹娘来，初荷便忍不住地掉泪，亮晶晶的泪珠子一串一串儿从眼睛里滚下来，看得薛怀安顿时乱了心意，慌了手脚。

他左哄右劝，躬身道歉，指天发誓……诸般本事一样样使将出来，这才哄得初荷的泪河关了闸门。

从此，薛怀安和夏初荷之间便缔结下一个不平等条约——任何涉及个人隐私的事情，对方都无权过问。

说这条约不平等，是因为薛怀安觉得，自己根本就没有隐私。

他虽然自认不能十分精确地理解“隐私”两字的全部含义，但是，初荷可以自由出入他的房间，开启他的箱柜，拿取他的物件，就算有所谓“隐私”，想必也早就暴露光了。

然而初荷却说：“哦？那有本事你自己打扫房间，缝缝补补，洗衣服做饭啊。可以做到的话，我倒是也没必要再去碰你的东西了。”

说这话的时候，初荷的嘴唇动得极快，似乎完全忘了薛怀安必须要依靠唇形才能判断她的语意。说完，她自顾自地咯咯笑起来，清澈的眼睛里满是得意之色，真真是毫不掩饰自觉占了天大便宜的自得心情。

薛怀安看到这样的神情，只觉得高兴，便纵容她一直如此占着便宜。

然而现在想起这些往事，薛怀安只觉心中更是难受，带着怒意说：“都是我宠你过了头，任凭你自己偷着藏着，干什么我都不管，不想你如今竟做出这等事来！”

初荷越听越觉糟糕。她还从未见过花儿哥哥对自己如此生气，心中忐忑至极。可是唯有此事，她不愿意做任何解释，只是咬紧牙关，与面前怒气冲冲的年轻锦衣卫对峙。

薛怀安见这般僵持也是无用，一拉初荷的衣袖，就往楼下走：“走，你和我一同找他去！”

南明的风气，对男女之防并不极为严苛，但是一个年轻男子和一个少女如此在茶楼上公然拉拉扯扯，终究引人侧目。

初荷见一时成了茶客们的消遣，脸上不觉腾起绯红。

怀安见状心里又是一阵不舒服，定了定神，平下心火，小声凑近初荷，以最诚恳的语气说：“你让我见见那混江湖的小子，好歹我也该知道他的底细。如若他配得上你，又真心对你好，只要你喜欢，就跟了他去，我不会拦着。”说完，拽着初荷不由分说地奔了出去。

茶楼外，江湖小子自然早已走得无影无踪。

薛怀安站了一会儿，四下好一阵观望，脸上渐渐现出疑惑，转回头来，问已经站在旁边偷笑了半晌的少女：“初荷，你包袱里是不是塞了什么值钱的东西？”

此时，初荷已然明白薛怀安是误会了自己，心中暗笑，使劲儿憋出一个忧伤的表情，用力点了点头。

薛怀安恍然大悟，继而更加愤怒，挥臂空打一拳，骂道：“妈的，你个江湖小混混，原来是个骗财骗色的下三烂！”

说完，他又觉得这么讲太伤初荷的心，马上安慰道：“初荷，你别难过，咱们被骗财无所谓，只要色还在，不怕没柴烧啊。”

初荷终于忍不住，噗哧一声笑出来，用手语比出“呆子”二字，眉目挤成一团，弯腰捂着肚子，笑个不停。

好一会儿，薛怀安才渐渐明白过味儿来，臊了个大红脸，嘟囔着：“是我误会你们了吗？”

初荷笑得喘不上气来，只能一个劲儿地点头。

薛怀安却仍觉得这事有讲不通的地方，犹如追寻一道难题答案般认真而严肃地问：“那么，他是谁？你给了他什么？”

初荷直起身，坦然道：“他是杜小月的朋友，小月有东西给他，可是她有课，这才托我来。”

杜小月这女孩儿薛怀安倒是认识的。

她是初荷在女学的同学，同初荷一样是个孤女，寄居在哥嫂家中，故此虽然比初荷大上两岁，却成了她最要好的朋友。

薛怀安想了想，觉得这么讲倒还说得过去。

初荷如今暂时念的女学，是专门给那些念完公学，又还没有出嫁的女孩子们消磨时间的学校，各类课程完全由学生自己凭喜好去选。杜小月好学，选择的课程比初荷多一倍，没时间来送东西也是可能的。

“那么，他和杜小月又是什么关系？杜小月怎么会认识江湖人士？她又让你转交了什么？”

“你是在审犯人么？”

“我是要搞明白。”

“这是人家杜小月的隐私，我无权问。”

薛怀安一听“隐私”两个字就头痛。

在他们的这个家，隐私第一大，比内阁首辅大学士大，比当今皇上大，比老天爷还要大，既然事情的性质上升到隐私的高度，就是问不得了。

但薛怀安是那种想不明白就要拼命追根究底的人，于是又问：“你和那江湖人士之间怎么会那么奇怪？你们两个是认识还是不认识啊？”

“不认识，第一次见。你如果觉得我们奇怪，那就是……”初荷说到这里，闭上嘴，改用手语，大大地比了五个字“疑心生暗鬼”。

薛怀安也不知自己是不是因为一会儿要读唇语，一会儿要解手语，这才被搞得有些糊涂疲惫，总之是已无心再追究下去，点点头道：“好好，算我多疑，算我多疑。”

然而，薛怀安终究还是不放心，硬要亲自把初荷送回学校上下午的课，直到看见她娇小纤细的身影消失在挂着“馨慧女子学校”牌匾的大门之后，这才安心地回转百户所。

还未进百户所，薛怀安就见李抗李百户急匆匆地跑了出来，一把抓住他：“怀安，快跟我走，有个歹人持枪闯入学校，把学生扣为人质了！”

“哪个学校？”

“馨慧女学！”

6 剑

馨慧女学占地并不算大，教学用的主要建筑就是一栋砖木结构的雅致二层小楼。

此刻，闯入校园的歹人正劫持着学生们，占据了二楼最西首的教室。

因为实质上是供待嫁女子社交和消磨时间的私人学校，所以学生人数并不多，也没有分班，只是选学了同样课程的学生，会于开课时间聚在一起上课而已。

“现在是什么情形？歹人胁持了多少学生？”李抗一到达，就询问匆忙赶来的女学副校长。

副校长是个四十来岁、身形瘦削、一身儒衣儒冠的学究。

此时他显然也受了惊吓，说话战战兢兢：“歹人来的时候，正在上、正在上诗赋课吧。大约二十来个学生和教诗赋的崔先生，都被他胁持了。”

“什么叫二十来个？你连有多少个学生在上课也不知道么！”李抗是个暴脾气，顿时冲副校长吼道。

“这、这，在下是副校长，在下主管、主管……”

“既然不管事就别啰唆了，校长在哪里？”

“校长外出办事,至今未归。”

李抗听了一皱眉,转身问薛怀安:“你怎么看?”

此时,薛怀安正仰视着二楼西首的窗子,神情严肃,隔了片刻,才说:“要先和歹人谈谈,知道他胁持人质的目的,才好定夺。”

他话音刚落,一个年轻女子冷厉的声音突然插进来:“不用谈了,他的目的不过是延缓死期、垂死挣扎而已。”

薛怀安循声回头。

见是一个身穿绿色锦衣卫官服的女子,她胸前补子上绣着一只彪,看来和李抗的官职差不多,大约也是个百户。

“请问尊驾如何称呼?”薛怀安问。

那女子还未答话,她身后一个随行的锦衣校尉已经接口道:“这是我们常大人,常百户!”

听这校尉的口气颇为自得,仿佛是说,薛怀安必定听说过常大人的名号一般。

只因早年间的战争导致人口锐减,加之如今对劳动力的大量需求,南明女子成年后仍然在外抛头露面打理经营的不在少数,但做锦衣卫的却是并不多见,就算有也多是负责些与妇女有关且不宜男子插手探查的案件,官居百户的更可说是微乎其微。

可惜薛怀安却并不认识这位女百户,仍然以问询的眼光看着那校尉,等待他报出他们究竟属于哪个府司下辖。

他身后的李抗见状,一把将薛怀安推到一边,满脸堆笑走上前对那年轻的常百户道:“久仰久仰,原来尊驾就是人称‘绿骑之剑’的常樱常百户啊。在下李抗,是这惠安百户所的百户。”

常樱身形修长,鹅蛋脸,丹凤眼,肤色净白,神情于冷淡中带着一丝不易察觉的倨傲。

她冲李抗微微施礼,以例行公事般的敷衍口气说:“幸会,李大人,这里现在可以全权交给本官了。”

常樱说完,对身后一众随行的锦衣卫道:“你,爬到那边树上看看里面情形如何;你们三个,从侧面以绳索攀上这楼,准备一会儿破窗而入;你们俩,持火枪跟在我身后随时准备支援;我单人从正门突入,到时候,你们听我的号令行动。”

常樱才布置完,她的手下便立时各赴其位,很是训练有素的模样。

薛怀安却在一旁看得直皱眉。

他拉住李抗,小声问:“李大人,这北镇抚司的绿骑百户是什么来头? 您怎么让她在咱们的地头上耍威风? ”

南明锦衣卫北镇抚司分管国家情报机要,因为官服为绿色,所以被称为“绿骑”;而南镇抚司则分管治安刑侦,官服是赤黄,故而叫做“缇骑”。按照锦衣卫的规矩,由于绿骑职责涉及国家安全,故而在行事时权利高于缇骑。

但是李抗毕竟与常樱同等品阶,年岁又长她不少,听到薛怀安如此问,轻轻哼了一声,听上去心中也颇有些不痛快。

“常大人,你可否告诉本官,这歹徒究竟是何人,你们又意欲如何,楼中学生要怎么保护? ”李抗正色问道。

常樱正在看着手下以钩爪绳索向小楼顶部爬去,眉头紧锁,似乎是在思考着什么,敷衍地答道:“他是北明间谍,这里的事本官自有谋划,请李大人放心。”

这时候,被常樱派去观察楼中情形的绿骑已经回转,神情略显焦虑:“禀告百户大人,莫五手持匕首,挟制了一个学生,其余学生被他用火枪指着,围聚在一团,大约有二十人。”

“这家伙带枪了? ”常樱面色一沉,“什么枪? ”

“那枪的枪管远看颇粗,枪口似乎呈喇叭型。卑职担心,那枪可能是一枪击伤多人的霰弹火枪。”

常樱点了点头,手一摆,示意那绿骑退下待命,双唇一锁,不再言语,似乎遇上了难题。

李抗见了，突然大声说："常大人，歹徒有枪的话，就算常大人武功再高，出手再快，你这样正面强突进去，必然也要波及十数人命。我看，你这法子不妥。"

常樱冷哼一声问："哪里会波及十数人命，李大人未免夸大了吧。"

"常大人是什么意思？就算只死了一个学生，不也是一条宝贵的人命吗？"一旁的薛怀安忽然大声质问。

常樱瞟他一眼问："你是什么人，有什么资格这么和我说话？"

"卑职是南镇抚司福建省泉州府千户所下辖惠安百户所李抗李百户所属……"

薛怀安还未说完，李抗忽地打断他，朗声说："他就是人称'缇骑之枪'的惠安锦衣卫校尉薛怀安！"

薛怀安刚说到半截，被李抗突然插话，一愣神，差点咬了舌头，惊异地看着自己的顶头上司，用眼神向他询问，自己到底是何时成了"缇骑之枪"的。

李抗却装做没看见，继续说："绿骑的剑如果不能出鞘的话，不如交给我们的枪想办法。"

常樱轻蔑地一笑，上下打量一番眼前这瘦高的年轻锦衣卫，神色如浮了一层薄冰的湖面，清冷而难以捉摸，隐约有暗流涌动。

好一会儿，她才开口问："那么请问，薛校尉有什么良策？"

薛怀安被常樱看得有些发毛，任他在人情世故上颇有点不开窍，对于他人的脾气脸色更是反应迟钝，也觉察出自己已经完全被这"绿骑之剑"的气势所笼罩，不由自主地挺了挺脊梁："卑职以为，应该先与歹徒谈判。歹徒只是挟持人质，并非大开杀戒，可见必有所求。我们先问问他想要什么，如果能满足那是最好；不能满足，也可以试着说服他；就算说不服，还可以让他松懈防备。"

"哼，他求什么我可以告诉你。他是北明间谍，潜伏在惠安边上的崇武军港多年，这次被我们抓出，狗急跳墙跑到这里胁持学生，就是为了让我们放他走。”

“这个要求是常大人自己推测的吧。其实,也许他知道再怎么也逃不出常大人的手掌心,故而只是想要再看一眼自己的相好,又或者听一曲北明小调,要不,吃一顿家乡菜也说不定。总而言之,一切皆有可能。”薛怀安慢条斯理道。

“大胆,这里岂是你说笑的地方?”常樱怒道。

“常大人觉得在下的口气表情是在说笑?”薛怀安一脸认真地问,口气恭敬谦卑。

“你……”常樱一时气结,瞪着眼前这个不知是在装傻充愣,还是根本就又傻又愣的校尉,说不出话来。

这时,李抗插了进来,威严地说:“薛怀安,本官命你速去与歹徒谈判,记住,能文斗就不要武斗,咱们缇骑向来是以头脑取胜的。”

薛怀安立即躬身施礼:“卑职遵命,谢李大人提点。”

说完,扔下脸色难看的常樱,向歹人藏身的二楼教室窗户下奔去。

7 乱

二楼教室的角落里，初荷与一同上诗赋课的女孩子们挤在一处，微垂着眼帘，隐蔽而冷静地观察着眼前这个一手持枪、一手用短刀挟持着杜小月的男子。

他的身形短小精悍，虽然比杜小月高不出很多，可是脸色黝黑，四肢有力，看上去很是结实。

不是市面上或军队中惯见的普通枪型，大约是自造或改造的。枪管粗且短，枪口略成喇叭状，填装两钱一个的小弹丸的话，可以放上十七八颗，若是大弹丸，也能放上十颗左右。初荷看着枪的外形，这样猜测。

火药室也颇大，放入火药应该在一钱五以上，说不定可以达到两钱，这样自然可以增加威力，可是后坐力也会增大。如果臂力不够的话，大概会影响准确度，再加上本来应该双手托住的枪，他如今只用一只手拿着，很难在开火的时候稳住，到时一枪射出，没个准头，十来颗铅弹飞出，伤及多人在所难免。

初荷这样估摸着对方的武器，不觉忧虑起来。

然而她又转念一想，大家和歹徒的距离这么近，他枪的发射力量又如此大，弹丸在过短的飞行距离下，必定会在还没分散的时候就已打在人的身上，故此大约波及不到那么多人。

这样想着，她便又稍稍舒了口气，心道不知薛怀安他们如果知道了这个情况，是不是会更容易采取行动。

但是，怎么能让花儿哥哥知道呢？现在他在做什么，要想办法与他互通消息才行啊。

想到这里，初荷大着胆子偷偷往窗口挪了半步。

“喂，莫五，你听得见吧。”薛怀安的声音遥遥从窗外传来。

屋中沉寂的气氛陡然一动，就连那几个原本在低低抽泣的女孩子，都立即止住了哭声，眨着受惊小鹿般湿漉漉的眼睛，看向窗外。

莫五却动也没动，依旧左手持刀抵住杜小月的脖颈，右手举枪对着众人，仿佛根本没有听见薛怀安在叫他一样。

“哎，我说莫五，这是你的真名么？你在家中排行老五是吧？是最小的还是中间的？”薛怀安犹如闲聊一样的声音继续传来。

莫五依然没有应答。

好一会儿的寂静之后，薛怀安的声音又响了起来：“我说莫五啊，这么说来，你娘至少生了五个孩子啊，可真是辛苦呢。你想不想你娘啊？她在北明吧？很多年没见了吧？”

莫五黑得发亮的脸抽动了一下，唇角微微牵动，却仍是不作回应。

“莫五，你娘生你出来，就是为了让你没事闲着，拿把刀架在人家小姑娘的脖子上吗？是让你在一群只会哭的小女孩面前耍威风吗？大家都是女人，哦，我是说你娘和她们都是女人，你不觉得这和欺负你娘是一样的吗？

“哎，我觉得你真是太丢人了。你说你好好地做个间谍，本本分分地窃取情报，如果打不过我们的‘绿骑之剑’，就赶紧自裁，如此就算是站在敌人的立场上，我也还是要佩服你为国捐躯的觉悟。

“可惜你好好一个大男人，脑袋被门夹坏了还是怎么的，居然跑到女学劫持人质，你不怕传出去让人家笑话啊。我告诉你，这事情传出去了，人家可不是笑话你，人家是笑话你们皇上，笑话你娘和你兄弟姐妹。你哥娶媳妇儿了没？如果因为这个，而没姑娘肯嫁他……”

“嗯，我说，那边那位看热闹的姑娘，你来说一说感想吧，要是这样倚强凌弱的人有一个兄弟喜欢上你，你能答应吗？是不是觉得特掉面子、特郁闷、特没前途、特……”

薛怀安这句话还未说完，莫五猛地大喊一句：“烦死了，你他妈的怎么这么啰唆，你的脑子才被门夹坏了，给我闭嘴！”

莫五这一声暴喝震耳欲聋，吓得女学生们俱是一哆嗦。一个胆小的女孩子更是“哇”的一声大哭了起来，随即好几个女学生都被她感染，也由嘤嘤的低声抽泣改为呜呜的失声痛哭。此前凝滞的屋子骤然躁动不安了起来。

初荷却捕捉到莫五注意力已略有放松，趁着此时稍稍混乱的气氛，悄悄地又往窗子边挪了几小步。

莫五说不清自己是被窗外啰唆烦人的锦衣卫搞乱了心绪，还是被一屋子哭哭啼啼的小丫头带坏了心情，原本平静决绝的心底一阵翻涌，也不知是怒意，还是些别的什么情绪，在他筑了铁壁的心上破出了一道罅隙。

“你说什么？我听不清楚，你要是想和我谈，就到窗户边上来。”薛怀安的声音又传了上来。

“哼，别以为我会中你的计。你们在外面埋伏了火枪手，我的脑袋一探出来，就会被你们轰得稀巴烂。”莫五说着，下意识地又挪开几步，离窗子更远了。

“好吧，山不就我，我来就山，你等等啊，我上树来和你继续聊。”

初荷听说薛怀安要上树，不由自主扭头往窗外看去。

窗外一丈远处是一棵三人合抱的老榕树，枝桠粗大，须根垂地，无论怎么看都是一棵很容易爬的树。但初荷知道，想要让怀安爬树的话，

比培训一只母猪学会跳火圈外加后空翻三周半的困难指数还要高，心中不由暗自捏了把汗。

“喂，那个仰头看天发呆的大哥。对，就是你。帮忙托我一下。不不，一个人不够，你再找一个人来。”此时窗外又传来薛怀安的声音。

“等一下，等一下，我喊一、二、三，喊到三你们托我啊。”

“不行，不行，这样用力不对，我会摔下来的，哎，哎……”

楼下忽然间热闹起来。

薛怀安的声音，他找来帮手的声音，以及时不时冒出的围观看客的笑声通通混杂在一起，将原本紧张到凝固的空气悄然溶解了。

初荷听到这些动静，想起春天时薛怀安上树给自己够风筝的情景，不觉想笑，又偷偷看了一眼莫五，发觉他也正在凝神听着窗外的动静，那张一直紧紧绷住的黝黑面孔不知什么时候竟然略微有点松懈下来，于是又趁机往窗子移了几步。

这时候，初荷听到熟悉的李百户的声音忽然异军突起，冲破了一片嘈杂：“不行，这样干不行的！怀安，你要带上安全套，带上安全套才能上，这样蛮干太危险了！你等着，我给你取套子去啊。”

8 密

大约过了一刻钟，窗外再次传来李抗的声音："来，怀安，我给你带上安全套，你上吧，小心一点儿，我女儿可还等着嫁给你呢。"

又过了一阵子，窗对面的树上终于传来窸窸窣窣的响动，不一会儿，薛怀安的声音从那里传了过来："莫五，我来了，咱们谈谈吧？"

初荷此时几乎已经走到了窗边，一听到薛怀安的声音，她忍不住扭过头去看他。

却听莫五大喝一声："你看什么呢？过来！"

初荷吓得一转身，背冲着窗口，做出夸张的害怕表情，面无血色，眼神惊惧，仿佛再被大喝一声，就要立时晕倒。可她只是象征性地往回走了半步，并没有真的远离窗口。

也不知莫五是起了怜香惜玉之心，还是发觉这小姑娘站在窗边，正好可以阻挡外面窥探的视线，又能够防止火枪手射击，吼完这一嗓子之后，便没再管初荷，而是冲着窗外喊道："好，我就和你谈谈。"

薛怀安站在树杈上可以清楚地看到初荷的背影。那个小小的身影正背着手，用手语比出"我很好"三个字。

他舒了口气，也说不清是因为看见了这三个字，还是因为莫五终于开口了。

“莫五，说说吧，你劫持人质想要交换什么条件？”

“给我准备四匹快马，我带着一个女孩作为人质，跑到边界线就会放了她。”

“哦，就这么简单啊，那你为什么不早说呢？想活命是人之常情，你早开口呀，你不说谁能知道呢？害得我还要爬上树来。你知不知道，我有恐高症啊。你知道伽利略么，伽利略是意大利人，他为了治好自己的恐高症，有一天爬到他家附近一座叫比萨斜塔的高塔上……”

这边厢薛怀安一面开始胡乱瞎扯，一面凝神细看初荷打给自己的手语。

初荷比划得很快，距离又远，他必须集中全部精神才能读出来。

“全部，二十二人，无伤，小月，被，抓。”

“短刀一，火枪一。”

“改装枪，药室两钱，弹丸过十，枪管粗短，但十五步内，只能击一人，必死；六十步内，击三五人，死或重伤；两百五十步外，力竭。”

薛怀安边和莫五对话，边读着初荷的手语，一心二用之间，言语已经不知道顺嘴溜到了哪个犄角旮旯。

只听莫五一声断喝：“你他妈的烦不烦啊，老子管哥白尼怎么死的！你做得了主就给我找马来，做不了主就和那个能做主的婆娘商量去。庙里的钟声再响的时候，我就开始杀人，钟声响几声，就杀几个。”

薛怀安正好看完初荷的最后一个手势，抹了抹额头上的浮汗，搞不清自己竟将哥白尼给扯了出来，忙回应道：“好，我这就去问。喂，那个仰头看天发呆的大哥，对，就是你，帮忙接我一下。”

常樱听薛怀安讲述室内情形的时候，一直沉着脸，好一会儿沉默之后才开口说：“既然在近距离只是对一个人有危险的话，那所有人仍然按先前布置就位，莫五只可能开一枪，我不会给他再填充弹丸的机会，到时候我……”

薛怀安不等常樱说完，怒道："不可！大人身手虽然快，可莫五扣动扳机的速度更快。就算当时他只能开一枪，但一个孩子的命难道不是人命么？"

常樱顿了顿，看他一眼，犹如没听到一样继续说："我一个人解剑除枪上楼去和他面谈，只要他枪口转向我，我就会找机会空手夺刃，救下那被劫持的孩子。伏在屋顶的锦衣卫只要一听见我行动，立即会从窗户进入，击毙还是活捉，见机行事。"

薛怀安听了，原本想说莫五是训练有素的间谍，并非一般的草头小贼，怎会那么容易如你所愿，去与你面谈。自己可是费了半天口舌，好容易扰乱莫五，才让他愿意答上几句话，你这样上去，他恐怕谈都不会和你谈，更别说开门面谈了。

可是话到嘴边，却迎上常樱利剑般的眼神，那眼中分明带着赴死的决心，明亮异常，忽而叫人从心底生出敬意来，让薛怀安把话又咽了回去。

常樱布置好自己的下属，转身看他一眼，以稍稍客气点儿的口气问："薛校尉，你可有什么法子通知你妹子，让她警告里面所有的学生切勿乱动，只要不乱动，我的人绝对能保证不伤及无辜。我只怕她们这些孩子在我行动的时候吓得乱跑，反而控制不住局势。"

薛怀安一听，犯了难。

他知道初荷现在断不能转过身子来，面向窗外冲着他打手语，该如何知会她才好呢？

常樱见他面露难色，秀眉一掠道："要是太难就算了，别让令妹只身犯险。"

薛怀安一摆手道："等等，等等，我想一下。"

须臾工夫，薛怀安计上心头，转身快步走到站在远处的副校长面前，微微施礼："老先生，不知可否借我一面小鼓，或者其他可以敲击的乐器？"

“有的有的，小鼓有的，薛校尉稍等，我这就取来。”副校长一连声答应，转身匆匆去取鼓。

未几，小鼓到了薛怀安手中。他拿起鼓，往初荷所在的窗口走去，选了个隐蔽处，开始一下一下敲起来。

常樱见他如此行事，先是有些奇怪，但是仔细观察，却见他击鼓时有时一下击在鼓心上发出长而闷的一声，有时又一下击在鼓边上，发出短而脆的一声。每击打两三下停一停，然后再继续击打。

她顿时明白，这鼓声一定另有含义，大约是在以声音传递消息，心中不由得疑惑，莫不是自己小看了这个年轻的锦衣卫，他和他那困在楼中的妹妹，看起来似乎都非等闲之辈。

起先，初荷因为神思都放在莫五身上，并未曾留意窗外忽然响起的鼓声中有什么奥妙。但是稍稍停了一会儿，她便听出这鼓声绝非随意敲出。

一来，这鼓每次敲了几声之后，都会有一个略长时间的停顿；二来，每次停顿之间的一连串敲击，都保持着一个固定的频率。

再仔细听听，组成鼓声的是两种声音，一声长而闷，一声短而脆。

长长长。

长长短。

短短。

长短短。

初荷在心头默默数着，一下子明白过来，摩尔斯电码，这是有人在用摩尔斯电码击鼓。

太爷爷教自己的摩尔斯电码，自己只教给过薛怀安一人，这击鼓之人必是花儿哥哥无疑了，这是他在和我联络啊！

初荷想到这里，按捺住激动的心情，倾听鼓声。

她先抓住一串鼓声中最长的那次停顿，知道这便是一个句子的起始位置，然后在心底默默数记着鼓点。

长长短，接着是一个小停顿——这是K。

短短，接着是一个小停顿——这是I。

长短短，接着是一个小停顿——这是D。

短短短，接着是一个小停顿——这是S。

之后，是一个长停顿——这是一个单词结束了，K——I——D——S，KIDS。

初荷默默在脑中记录下这电码——KIDS NO MOVE。

是的，花儿哥哥在对我说——KIDS NO MOVE，这是什么意思呢？

KIDS，孩子们，复数，指我们这里所有的人。

NO MOVE，别动。

为什么，为什么别动？

初荷想了想，终于明白过来，一定是外面的花儿哥哥他们要有所行动，这是让我提醒同学们，在这个紧要关头一定不要乱动。

她心下豁然开朗，于是背着手，向窗外比出一个“明白”的手势。

薛怀安此时正一边敲，一边望着初荷伫立的窗口，一见初荷的手势，便知道这丫头已然明白了自己的意思，心头一喜，收去鼓声。

他正要离开，猛地又想起初荷这丫头可能会为了向同学传达这意思，做出什么冒险的举动，心里立刻又担忧起来，连忙击出咚咚咚的一串鼓点儿，打出一个“WARY”来。

初荷听见薛怀安用鼓声让她谨慎行动，随手快速比出一个“放心”。而楼下的薛怀安见初荷答得太快，又担心这丫头根本没有把自己的叮咛放在心上，于是“咚咚咚”又是一串鼓声，再打了一个“WARY”出来。

初荷性子硬，这个“小心谨慎”听了第二遍，已经有些不耐，又草草比了个“知道”。

薛怀安在下面看见初荷这手势比得更为潦草，半猜半蒙才能看出是个“知道”的意思，心里更是不安，越想越是害怕，举起鼓槌就要再敲一个“WARY”出来。

不远处的李抗虽然不明白薛怀安在干什么，可是凭着经验和直觉，已经觉得有些不妥。他见此时薛怀安面色焦虑，全然不见刚才平静的模样，手中不断打出一串相同的鼓点儿，鼓声中隐隐透出急迫和不安，竟是失去了先前那种完美的、机械一般的精确韵律。

李抗知道他这下属虽然于刑侦上颇有天赋，可却是个七窍中有一窍未被打开的家伙，有时会有点儿呆气，若要执迷于什么，极容易一门心思沉下去。当此情形之下，他觉得自己似乎应该做些什么，但还不及行动，只见一个身形矫健的绿衣人已经飞身而去，一把抓住薛怀安的鼓槌，以极低的声音带着愠意说："薛校尉，够了，你当莫五是傻子吗？"

薛怀安抬眼看向面前怒视自己的常樱，陡然醒悟，一时也搞不清自己已经敲了几个"WARY"，尴尬地松开被对方握紧的鼓槌，带着歉意说："抱歉，卑职的妹妹向来自行其是，卑职刚才一时焦急，只顾着提醒她谨慎行动，故此……"

薛怀安以为必然会被常樱一顿喝斥，出乎意料地，没等他说完，常樱一摆手，低声道："别解释了，我明白，你只求楼上面的莫五不要明白吧。"

几乎是与此同时，楼上面的莫五将枪口缓缓转动，指向了那个背着手站在窗口的少女。

9 计

初荷对着黑漆漆的枪口，有一刹那脑子里面一片空白。

枪口是那么黑，宛如一条没有尽头的隧道，吞噬掉光、热、生命，以及一切进入它的东西。

她站在隧道的这一边，时光奇异地倒退，四周暗下来，暗到连自己也消失不见。

在这样胶着粘稠如乌漆的黑色中，她听见死亡的声音，那声音是金属切入身体时的锋利，血肉与刀剑摩擦时的震颤，灵魂飞离肉体时的诀别。

奇怪的是，这一次，她并不害怕，心跳只是滞了一下就恢复到正常的律动，一下一下平静地跳着。

她轻轻闭上双眼，脸上呈现出奇异的安详神情。

莫五看着枪口下的少女，心中生出古怪的念头。

他记起很久以前，他去泉州港的时候，出于好奇，溜进给外国船员建造的圣母堂，在那里，他看见一些很美的画。有一张上面画着一个年轻的金发女子，她垂着眼帘，温柔地抱着一具男人的尸体，但没有任何悲戚或者哀痛的神情，秀美的脸上一派安宁祥和。

“这是她的男人吗？死了男人她为什么不难过？”他问同伴。

“她是圣母，那是她的儿子，上帝之子耶稣。关于这样的神情，有两个解释：一个是说，圣母其实早就预见到儿子的死亡以及后来的复活，所以很坦然地接受了这一切；另一个解释说，她神情安然平静，只是因为她真正地了解什么是死亡。”

“你觉得哪个解释对？”

“我喜欢第二个，第一个嘛，如果可以预知未来，人生是多么没有趣味。”

那么，这个女孩呢，为什么她脸上也是那样的神情？这样年纪的女孩，面对这样的情形，不是应该腿软、颤抖、哭泣、失控才对吗？

她是可以预知未来，还是真正地了解什么是死亡？

莫五想着，略微有点儿失神，停了好一会儿才说：“你，挪开到那边去，别挡在窗口。”

初荷没有料到是这么一个结果，睁开眼有点讶异地看着莫五。

“看什么看，挪开，快点儿，想被老子轰死吗？”

初荷依言离开窗边，只听“砰”的一声轰响，莫五向窗外射了一枪。似乎是有些弹丸打在了窗外的榕树上，呼啦啦，好一阵枝叶摇响的声音。

屋内女孩子们的尖叫声几乎是在枪响的同一瞬间响起来，莫五无视这些尖锐的叫声，冲着窗外喊道：“你们别想搞古怪，再敲那个破鼓，老子的枪可就不是射树了。”

初荷听见莫五这么说，马上明白过来，原来莫五只是猜出来外面的鼓声有什么门道，可是并没有看破她正在和花儿哥哥联络。她心中一宽，趁着这个混乱的时候，伸手在课桌上的砚台里面沾了点儿墨汁，在手心快速写下“勿动”两个字，把手往后一背，不易察觉地挪了几步，站到瑟缩在一起的同学们中最靠前的位置，展开手掌，拼命地摇晃着。

“莫五，你不要动那些学生，你不杀人，什么都好商量。”常樱大声冲二楼的窗子喝道。

“哼，老子现时没杀，但保不齐将来不杀，快去给老子准备东西。”

常樱听了舒口气，看向脸上几乎失了血色的薛怀安，轻声说：“好了，没出大乱子，后面我来解决，薛校尉请回避吧。”说完，她转过身，径直向楼里面走去。

薛怀安自然知道自己刚才所做违背了锦衣卫的行动准则，心中颇为惭愧，讷讷地站在一旁。但他心中担心初荷，只好竖起耳朵拼命去听楼里的声音。

他隐约可以听见常樱叫门的声音，然而到底在说什么却听不清楚，但是莫五那一边却是一点儿反应都没有，常樱的努力犹如石砾投入幽深的死水，激不起半分波动。

大约一炷香功夫之后，常樱黑着脸走了回来，道：“他说要说的都和你讲过了，一句也不愿再和我谈。”

也许是不希望看到那么激烈而暴力的场面吧，薛怀安听了，不知道怎的心里倒是松了一口气。

“常百户，恕我直言，这莫五身上可是携带了什么重要情报，所以放他不得？”李抗问道。

“身上携带了什么不知道，可是他本身就是一个威胁。他潜伏于崇武军港五年，现居军器库司务一职，对南明水军武器了如指掌。最近要下水试船的无敌战舰也一直在崇武港口做最后的整备。这一次我们损兵折将、掘地三尺才把这个老鼠给挖出来，绝不能让他活着离开南明。”

这时候，薛怀安忽然注意到一个更迫切的问题，插话进来说：“常大人，庙里就快敲钟了，请大人速速决断。”

不想一边的李抗却呵呵一笑，道：“我已经差人去告诉庙里的和尚不可敲钟。”

薛怀安没想到李抗有如此应变，刚要赞许，又觉得不妥，道：“这个法子只能拖得了一时，莫五一会儿就会注意到时间上的问题，我们必须马上应对。”

“那么，你想如何应对？”常樱问道。

薛怀安觉得这一回常樱的口气并不如何盛气凌人，的确像要商讨一般，想了想说：“我想，暂且答应他，给他备好马，让他带着一个人质出来，这样至少能先救下大多数学生。”

“那么被莫五胁持的那一个学生你又当如何？”

“常大人的手下可有用箭的好手？”

常樱愣了一下，似乎没有马上明白薛怀安的意思，随即恍然大悟道：“你是要让箭手埋伏起来射杀他？”

“正是，火枪的杀伤力虽然大，但是精确度不佳，三五十步之外单单想要射中对手已是不易，更何况莫五还带着一个人，用火枪射杀他，万一有所偏差就是一条人命。相比起来，弓箭的精确度要高很多，射箭好手的话，百步内都有百发百中的把握。我们可以让箭手埋伏在远处，等他走出来后，箭手从背后射中他要害，同时再派武功好手上去救人。只是这对箭手的要求极高，这一箭一定要射中要害，让莫五无法有余力反击。这箭手必须是有百步穿杨本领的好手才行，不知道常大人手下可有这样的人才？”

常樱认真思考片刻，答道：“这计策似乎可行，射箭好手也有，本官便是，只是弓箭却没有。”

原来近五十年来，因为造枪术的不断改进，火枪已经逐渐替代掉弓箭在军中的地位。锦衣卫一般出行都是随身携带剑与火枪，而不是不便携带的弓箭，这一时之间，还真是无处去寻一把上好的弓箭。

“有的，有的，校长那里有。”一直守在一边的副校长忽然插话说，随即差人取了弓箭来。

弓是上好的鹿筋强弓。常樱拿起弓，看了看四周的地形，选择埋伏在小楼北边的假山后面，这样莫五只要走出楼门，往放着马匹的南门一走，就会把整个后背暴露给她。

接着，她布置好其他锦衣卫，转回来指着薛怀安说："大家听着，我埋伏的时候，你们均以薛校尉为首，突发机变之下，若是与我的布置有异，皆以薛校尉号令行事。"

薛怀安没想到常樱会如此布置，正想推脱给别人，常樱靠近他，以低而郑重的口气说："这边托付给你了，缇骑之枪。"

10 质

在这一天突然荣升“缇骑之枪”的薛怀安与上司李抗一起站在馨慧女学南门口的马匹旁，静静等待着莫五走出小楼。不知道为何，薛怀安心中总是有一些不好的预感，犹如在一盘棋局中觉得自己少算了些什么，可是又说不出究竟少算了哪步。

这样的感觉让他觉得格外不安，于是转过身对李抗说：“李百户，怀安有事相求……”

好一会儿功夫之后，楼门口传来一些动静，接着，紧闭的雕花门“吱呀”一声被人由里面推开，出人意料的是，初荷的身影竟然出现在众人的眼前。

她神色看上去还算镇静，可是薛怀安看得出来，这丫头在极力控制着不安的情绪，就像两年前一样，她的安静并不代表勇敢。

初荷向前走了几步，身后就现出一个人来，只露出半张黝黑精干的面孔，一双黑溜溜的眼睛机警地四下打量着。

“那就是莫五。”不远处一个常樱带来的锦衣卫对薛怀安说。

薛怀安只是点点头，眼睛盯着初荷和莫五，什么话也没有说。

李抗有些担心地看看薛怀安，低问：“怎么是你妹子，不是说是杜小月吗？”

这话还没说完，莫五自己便向众人给出了答案。只见他又往前走了一步，后面就又跟出一个人来，那人背冲着薛怀安，看不到面貌，虽然如此，他也认得那大概就是杜小月。

这时候，薛怀安才注意到初荷的腰上绑着一条用衣裙做成的布带子。这带子将她和莫五还有杜小月三个人拴在一起，初荷面朝前走在最前面，莫五居中，杜小月与他背对着背走在最后。这样一来，初荷在前挡着，杜小月在后护着，竟然成了替莫五阻挡前后攻击的肉盾。

莫五原本就不算高大，此时微微猫着腰，只稍稍露了小半个头，很是难以瞄准。薛怀安看见那边厢埋伏着的常樱两次拉开弓，最后又都松了回去。幸好他们三人这样也走得不快，一点儿一点儿地往前挪着，短时间还走不出常樱的射程。

薛怀安清楚地知道，弓箭虽然精确度高，但杀伤力不比火枪，一箭不中要害的话，莫五必定还有中箭后反击的余力，到时候，那歹人逞凶起来，第一个要遭毒手的恐怕就是初荷。

他亦自然明白，莫五每往前移动一步，常樱就失去一步的机会，所以，果决如常樱，很快就不会再手软，收起心中多余的慈悲，无论是否冒险，是否伤及无辜，都会毫不犹豫地射出一箭。

那女人，绝不会允许莫五走出她弓箭的射程。

仿佛能够触到百步开外那女子的意识一样，薛怀安明了常樱要除掉莫五的坚决之心，不论是她自己的性命，亦或是初荷的性命，到最后一刻都不会成为阻挡她出手的羁绊，她是真正的、剑一样的人物。

但是，如果可能的话，他希望可以大声冲常樱喊：“停手。”

于是，他深吸气，扯开嗓子，大声喊：“停手，英雄，停手。”

莫五、常樱、初荷，也许整个世界的人们以及满天神佛在这一刻都停了下来，惊异地看着这个瘦高的年轻锦衣卫。

他扔下佩剑，双手高举过头顶，摆出没有武器的安全姿势，对远处的莫五喊道："我有话要说。"

也许是有着为国家捐躯觉悟的间谍心中多少会有些"英雄情结"吧，莫五反应过来之后，没有拒绝薛怀安，道："好，你说。"

薛怀安连讲带比划，口气和手势都极为夸张地说："虽然在下不齿你以为国效力之名，劫持胁迫手无寸铁的少女，手段卑劣无耻外加下三烂，但一想到自此一别你我天南海北，相隔千山万水，犹如牛郎织女遥隔银河，含恨而望，此生也许再也没有机缘见面，我还是有一个问题不得不问。"

薛怀安伸手比了个一，不等莫五反应，他又大叫一声："哦，不，让我算算，是两个。"

他又掰手指比了个二。

"不，是三个。"

他终于摇了摇三根手指，确定地将手掌向下一压，道："是三个问题。"

莫五显然不耐烦起来，似乎被这个呆头呆脑胡言乱语的锦衣卫搞得心烦意乱，道："你到底要耍什么花样，刚才讲了半天天体运行学说，现在又要问什么？告诉你，别想装傻来耍花样，你要是胡来，我现在就杀了她们。"

"我不是胡来，我只是想知道，你为什么愿意给一个名不正言不顺的皇族卖命。"

"你家皇帝才名不正言不顺。承宗皇帝是崇祯帝亲立太子，自然是由他继承大统。倒是你们的那个皇帝朱由榔，趁清军入关举国混乱之际，竟然在福建称帝，根本就是趁火打劫，是篡位谋逆的贼子。"

"话可不能这么说，崇祯帝立了朱慈烺为太子不假，可是清兵进北京的时候他就失了踪迹，谁知道你们那个是真是假。"

薛怀安所说之事正是北明人心头的大忌。虽然如今事情已过去将近百年，所有涉及的人物都早已作古，天下南北明与大清三国鼎立的

局面也已经是不可否认的事实，但是由于北明朝廷始终无法拿出真正有力的证据，证明他们承宗皇帝就是崇祯帝朱由检的太子朱慈烺，故而，北明人大多不愿意提及，一旦说起来，难免就是一场辩论。

莫五颇为不屑地哼了一声，道："那又怎么样，大明被满人抢去的江山是我们承宗皇帝夺回来的，这么多年来与满人铁骑对峙的也是我们。你们算什么，你们的皇帝就是个傀儡，国家掌握在一帮奸臣手中，朋党之争祸乱天下，不过是仗着船舰厉害享一时之乐罢了。"

"莫五，这话就又不对了。内阁执政是大明的国制，早在万历年间，内阁就已经全权代理天下了，我们不过是谨承先制罢了。再者说，我们并没有因为治理国家的是内阁，就对皇帝失了半点尊敬，西洋人也有这样的国制，这有什么错吗？"

莫五不知道是词穷了，还是发觉竟然莫名其妙地陷入了和薛怀安的无意义争论，忽然提高声音，嚷道："妈的，你到底要干什么，快给我滚，不然我就……"

"等等。我还有要事未说。"

"有屁就放。"

"你把那两个女孩子放了，换我作人质吧，我甘愿一路护送你至国界。"

"哼，我带着这小女孩，一路那会是何等的方便，带着你这个大男人的话，还要时刻提防。你当我傻吗，这样的计也会中。"

"那么，至少你放了挡在你前边的这小女孩好不好，她是我妹妹。如果你愿意的话，我可以拿这个和你交换。"

莫五听了这话，下意识地从心里生出一丝不安，连自己也说不出这是为什么。

按理说，自己拿住的人质是这么一个重要人物，应该高兴才对，可是他想起身前女孩面对枪口的镇静模样，总觉得有什么不妥，隐约觉得似乎千算万算，仍有什么隐藏的危险没有算到。

然而他转念一想，自己刚才挑选这女孩子做肉盾的时候，不正是看重她不慌不乱的镇定个性吗，这样不哭不闹不腿软，又是锦衣卫亲属的女孩子，简直是再好不过的肉盾了，自己这是瞎紧张什么呢？

薛怀安见莫五神色略显迟疑，并没有回应自己的提议，便从怀中拿出一个黑色的小铁牌晃了一下又放回去，道："这是我们这种刑侦锦衣卫才有的南明各关口通关令牌，你拿着这个，才能保证一路畅通，否则，就是我们这里放了你，你和人质后面的路也不好走。怎么样，我用这个牌子来换我妹妹。"

11 救

薛怀安此话一出，在场众人一片哗然，围观老百姓中甚至有人发出了鄙夷的嘘声。如若不是常樱有令在先，那些埋伏在暗处的锦衣卫大约就会先冲出来替天行道，解决掉这个锦衣卫的耻辱。

莫五听了，哈哈大笑起来，说："原来如此，不想我莫五运气这么好，竟是找对了挡箭牌。好，我答应你，你把牌子给我，我自然放了你妹子。"

薛怀安点点头，摊开手掌，缓步往莫五那里走去。

两人原本相距一百多步的距离，当薛怀安走了差不多五十步左右的时候，莫五忽然道："好了，站在那里把令牌扔过来。"

薛怀安遵命，掏出令牌扔了过去，然而他武功不高，人又不强壮，手上也没个准头，这一扔离莫五非但还有些距离，甚至还扔到了藏着一个锦衣卫的树丛附近。

莫五原本还没注意那里，此时却看到了那丛郁郁葱葱的灌木后面似乎有什么不对头，影影绰绰于树影婆娑之中竟是埋伏着一个人，于是冷笑一声，道："不知道你是真笨还是给我设的陷阱，想让我去那里捡令牌，然后被你埋伏的人擒住吗？哼，如果真是如此，也算不错的计策。你自己去给我捡过来。"

薛怀安一脸冤枉，慢慢走到令牌旁，正对上埋伏在那里的锦衣卫恨不得要冲出来砍死他的眼神，无奈地摇了摇头，揣回令牌又向莫五走去。

大约距离只有十来步的时候，莫五又喊道："停，你就是一个废物也扔得过来了吧。"

"好。"

薛怀安答应着，将手伸向怀中，忽然停住不动，问："莫五，你确定得了令牌就会立刻放我妹妹？"

"确定，扔吧。"

"好，我扔了，你接着，一，二，三。"

初荷在薛怀安数到三的时候，猛然弯下腰，之后她听到一声清晰的枪响，那声音如此之大，以至于整个世界都被这声音笼罩，让她无从辨别是谁从哪个方向开了枪。

她不知道发生了什么，也不知道薛怀安要做什么，只是薛怀安刚才在那里手舞足蹈地说话时，他用手语告诉她，他会数一、二、三，数到三的时候，她要弯腰。

如果怀安这么说，照做就好了，这是初荷唯一的想法。

枪声响过的刹那之后，她看见身后有红色的鲜血，顺着碎石铺就的小路蜿蜒而来。她惊恐地直起身，转回头一看，只见身后莫五的胸口被轰出了一个血洞，但因为有身后的杜小月撑着，人并没有倒下，而是仰面倒在他身后的杜小月的背上。他的眼睛直直望着天空，坚实的脸部线条构筑成泥像一样的生硬表情，死气沉沉而又透出一丝呆气，大约是在死前的最后一刹也没有明白，为什么挡在身前的女孩儿会在那么准确的时刻弯下腰去吧。

杜小月吓得呆在那里，僵直的后背支撑住莫五的尸体，不敢动，不敢叫，也不敢回头去看。

这时候薛怀安赶了过来，先解开系住三人的布带子，将莫五的尸体放倒，再扶住杜小月关切地问："你如何，没伤着吧？"

杜小月脸色苍白，哆哆嗦嗦地说："不知道，我，我觉得我后面有血。"

"没关系，没关系，那是坏人的血，小月别怕。"薛怀安安慰道，抬手帮她将面前的乱发轻轻顺在耳后。

一张惹人怜爱的瓜子脸露了出来，黑白分明的眸子带着三分怯意和七分慌乱，在薛怀安脸上稍稍一扫，就转向了地面，垂下眼帘，蝶翼样的长睫微微颤动着。

薛怀安只觉得若不是自己扶着，这女孩子便要倒下去了，心头一阵怜惜与歉意，也不去理会初荷，先招呼随后赶来的锦衣卫给杜小月验伤，直到确定她确实没事，才转回头去找初荷。

初荷铁青着小脸站在原处，有些气呼呼地紧闭着嘴，用手语说："花儿哥哥，你现在才知道来看我。"

"因为我知道你肯定没有事。"

"瞎说。"

"不是瞎说，我绝对不会让你出事。"

初荷听了一愣，生气的样子便再也绷不住了。

这时候，常樱手持弓箭走过来，脸上带着笑意说："薛怀安，我差一点儿就准备在你去捡令牌的时候一箭射杀你。"

"哦，那为什么饶了我一命？"薛怀安笑嘻嘻地问道。

"因为我忽然想到，什么刑侦锦衣卫的通关令牌，天下哪有这么个东西，就算你是货真价实的缇骑之枪，也不会给你这种令牌吧。"

常樱故意把"货真价实"四个字说得极重，话落后坏坏一笑，一副洞察分明的模样。

薛怀安被她点破，有点儿不好意思，道："这个名号又不是我说的，我一会儿就和那个胡说八道的人算账去。"

"你和我算什么帐，要不是我借给你一把好枪，你能这么威风？不过你的枪法真是差劲儿，走到那么近才敢开枪，换了我，只要有五十步，就是一只苍蝇也能打死。”李抗的声音忽然从薛怀安身后传来。

原来他不知何时已经到了薛怀安身后，话落，一拳打在薛怀安的背后。没有防备的年轻锦衣卫向前一个趔趄，差点儿跌倒在地。

“瞧这牛皮吹的，五十步打苍蝇？你用火枪五十步能打到人就算好枪手。”常樱爽朗地大笑起来，接着转向薛怀安一伸手，说：“哎，拿来看看。”

“什么？”

“你的枪啊。”

薛怀安将怀中短枪递给常樱。在接到枪的一刻，即使是这位见多识广的北镇抚司百户也忍不住叹道：“这火枪怎么做得如此精致小巧，难怪藏在怀里都看不出来。薛校尉，若不是你有这把能藏得住的枪，今日之事没有这么容易了结呢。这宝贝是出自哪位制枪高手？”

“不知道，市面上管这种枪叫银记枪，百多两银子一把。”李抗答道。

“嗯，制造这枪的人尽管手艺高，但我猜想，性格一定不好。”薛怀安十分肯定地说。

“哦，你猜他什么性格？”常樱颇有兴趣地问。

“他一定是离群索居，性格偏执，平日里也许一言不发，但是会突然大发脾气，把身边的人搞得手足无措。只要与他在一起就会让人感觉很有压力，就是那种非常不懂得体谅他人的人。”

常樱好奇起来，饶有兴趣地问：“你为什么这么推测？”

薛怀安见自己的胡说八道有人捧场，眼睛一亮，来了精神。

“你想，一个喜欢造枪这种枯燥事情的人，必定是躲在某处阴暗偏僻的房子里，不爱与人打交道吧？而把这些金属件打磨得这样异于寻常的光滑，一定是需要很极端的个性吧？还有为什么这人会将火枪造成这么小巧的样子，除了考虑到便于携带以外，更多是因为个性里的偏执吧？”

李抗听了点头同意：“对，分析得有道理。这人一定是那种极端追求完美，想怎样就必须怎样，设定的目标一定要达到，不会考虑到别人的立场，很难让相处的人。”

“对，在他身边的人真是叫人同情。”

薛怀安说完这话，觉得身后似乎有满怀恶意的眼睛在盯着自己，后脊梁隐隐发冷，转回头一看，原来是初荷正用恶狠狠的目光盯着他。

他以为初荷是怨怪自己冷落了她，忙将她拉过来，向常樱介绍道：“常百户，这是我妹妹初荷。”

常樱在女子中属于高个子，面对娇小的初荷，微微弯腰，做出亲和的姿态，说：“初荷妹妹好，没想到薛校尉的妹妹竟是这么小小的一个丫头，真是可人。这次可要多谢你了，难得你虽然年幼却这么勇敢。”

初荷却毫不领情，依然臭着一张脸，瞟一眼常樱，扭头气哼哼地走了。

薛怀安一见，忙去追赶，将李抗和常樱尴尬地抛在那里。

李抗有点无奈地摇摇头，对常樱解释道：“常百户多海涵，他妹子不能言语，脾气因而怪异些，估摸那个造银记枪的高人也是这等别扭脾气吧。”

12 客

馨慧女学在人质风波结束之后便暂时关了十来天，一来是为了安定一下受惊学生的情绪，二来是因为这所女学是否会继续开下去尚未有定论。

馨慧女学的校长程兰芝是个 24 岁还未嫁的老姑娘，其父是惠安最大的茶商，靠与西洋人和满人做茶叶交易发了大财。3 年前她办女学时曾经说过要一辈子不嫁人，而如今却传出婚讯，故此以后她是在家相夫教子还是继续办学仍未有定数。

初荷一时没了去处，原本想天天躲在家中看书造枪，谁知杜小月非要搬来与她住几日，她不知如何拒绝，只得答应了下来。

杜小月算得上是初荷在馨慧女学中最好的朋友，除了两人都是父母双亡的身世，还因为整间女学里真正有心向学的恐怕也只有她们两个。

南明律规定女子初婚必须满 18 岁，但朝廷办的公学是从 8 岁念到 14 岁。公学毕业之后，家中有条件供养的男孩子大多继续去书院求学，而这些书院虽说没有明令不收女子，但女孩子进去的条件却极为苛刻，故而公学毕业之后女孩子又不够婚嫁的年龄，便往往无事可做。

由于很多女孩子都觉得与其在家中闲着等到 18 岁出嫁，不如念

些书打发时间，私人开办的女学便应运而生。

各个女学的课程不尽相同，初荷读的这一所在学制上几乎是完全模仿那些男子们读的书院，暗地里有与那些书院一较短长的意味。可是毕竟大多数学生来这里的目的是交际和消磨时光，所以认真学习的并没有几个。

诗赋这样轻松的课程还好，数学、物理一类艰深的学问，常常是选修者寥寥无几。初荷就是在数学课上结识了杜小月。

不过，退一步说，即使不是好朋友，初荷也没有理由可以拒绝杜小月。

杜小月在人质事件中虽然没有受伤，可是心理上却留下了后遗症，这件事杜小月一股脑怪罪在了薛怀安头上。

“怀安哥哥，我的后背又疼了。”杜小月说道，脸上现出极其痛苦的神情。

薛怀安的神情也同样万分痛苦，道：“小月，西洋医生和中医郎中都给你检查过了，你后背的确是没受伤。布朗医生不是说你这是精神上的问题么，治疗的方法唯有放松，绝对放松。你不放松，我有什么法子呢？”

“难道我不想放松，不想忘记那些可怕的事情吗？可是你看我嫂嫂那副刻薄嘴脸，我见了就只会更加紧张。原来还有女学可去，现下可是无处可躲了。怀安哥哥，你收留我吧，要不是因为你把那歹人杀死在我身后，血流了我一背，我不会得这怪病的。”

眼前少女可怜巴巴的恳求模样让薛怀安不知如何拒绝，只好答应让杜小月过来住几天。初荷知道了原本怕家中多出一个人来会不习惯，可杜小月经常出门，就算在家的时候也大多是一个人在自己屋中看书写字，安静又不添麻烦，算得上很好的住客。

只有等到薛怀安回来，杜小月才会更加活跃一些，常问些百户所发生的见闻和薛怀安办案的轶事。每每听到有趣处，总会瞪大一双眼睛，赞叹道:“真的吗,好有意思啊,怀安哥你很了不起哦。”

薛怀安受不住夸赞,立时红了脸,咧嘴嘿嘿直笑,立即投入百倍的精神把后面的故事讲得更加精彩绝伦。

初荷从来不曾这样赞叹过“花儿哥哥”,倒是骂他呆子的次数比较多。每每这样时候,她便用手比一个大大的“呆”字,然后瞪他一眼,转身离开,有时候还会不由分说地拉上一脸崇拜之情的杜小月,留下讲到兴头上的薛怀安在那里自娱自乐。

杜小月在初荷家比平日里似乎爱笑一些,只是初荷隐隐觉得,杜小月并不是真的很快乐。有那么几次,初荷恰巧看见杜小月发呆的模样,只见那原本就生得颇为楚楚可怜的小脸上,浮着浅淡的愁色,整个人如同画卷中伤春悲秋的仕女,哀美却又空洞得没有什么存在感。

初荷问她是不是有什么心事,她眼里的光如游鱼潜水一样沉入眸子深处,淡淡笑笑,反问:“初荷,人生这样长,你可想过将来要和谁一起过?”

初荷想也没想,指了指窗外给花草浇水的薛怀安。

杜小月顺着她的手指凝望日光下浇水剪枯叶的男子,低低叹一口气,说:“你们要能这样一直在一起,那可真好。难怪你都不懂什么叫寂寞。”

初荷心有所动,提笔写道:“你很寂寞吗?因为你哥哥对你不好?”

杜小月低头看字,再抬头的时候,脸上挂着笑,说:“初荷你别担心我,虽然有时候我很寂寞,可是,我也和你一样,找到了想要共度一生的人。”

“是谁啊?”初荷忍不住随手写出问句。

杜小月却早已心思飘走,没注意到纸上的问题,望着窗外忙碌的身影,陷入自己的世界。

这样状态的杜小月,会让初荷从心底生出一丝不安。她不知道她在想什么,整个人像脱了肉身,眼睛看上去盯着某处,实则是凝视着虚空，幽深的瞳孔里翻滚着风暴，不断旋转凝聚，只待某一个时刻就会喷薄而出。

初荷不能言语，问事情只得用笔写字，一来二去问不出个所以然，也就算了。只道是杜小月终究比自己大上几岁，心事本来就重，又住在哥嫂那里寄人篱下，听说在家里跟粗使丫头一样要干许多杂事，心里面的不痛快多也是自然的事。

然而有时候初荷看见杜小月和薛怀安相处时的怡然与快乐，心里也会生出些莫名的情绪，想了几天，终于拉住薛怀安偷偷问："花儿哥哥，你觉得小月如何？"

薛怀安正在看一本卷宗，眼睛从书页上离开，辨认清初荷的口型，顺嘴道："很好。"

"娶做媳妇还不错吧？"

"应该还不错。"

薛怀安刚一说出这个答案，忽然"啊"地惨叫一声，原来是初荷一脚踩在了他的脚趾头上，然后便头也不回，气呼呼地跑了。

薛怀安揉着脚趾头，有些丈二和尚摸不着头脑，于是努力去回想刚才说了什么得罪到初荷。只是他刚才正在研究一个采花大盗的卷宗，完全是顺嘴胡说，随便应和初荷，心中一直想着案情，故此也搞不清到底哪句捅了马蜂窝。

隔了一盏茶的功夫，初荷又转了回来，小小一张脸上带着委屈，道："我想了想，要是必须有个人做我嫂嫂，小月我可以接受，毕竟，毕竟她很安静。"

薛怀安一愣，问："你为什么这么说？人家杜小月又不喜欢我。"

"你真是呆子啊，难不成你非让人家小月说出来喜欢你才可以啊？她可是女孩子家。倒霉的杜小月，怎么会喜欢上你呢。"

"我说初荷，那些都是你自己乱猜的吧，我可没看出杜小月有半点那种意思。我告诉你，你们这些小丫头少想这些七七八八情情爱爱的事情，外面有个采花大盗在流窜呢，当心把他给招来。”

初荷不怕他吓，却故意做出惊恐害怕的模样，说：“啊，真的吗？好可怕啊花儿哥哥，怎么办，怎么办，我最害怕采花大盗了，他把你这朵大狗尾巴花儿采去了可怎么办？”

薛怀安被初荷又是装害怕又是比手语的滑稽模样逗得直笑，以夸张的口气附和道：“是啊，该怎么办才好，我可是全惠安最有牡丹气质的狗尾巴花儿，真是怕死我了。”

初荷听了也笑，心头上原本一丝抓不住的轻愁不知道什么时候毫无察觉地散了。

这时候，“咚咚咚”一阵敲门声从远门处传来，薛怀安收了笑，紧跑几步走出屋子去开院门。开门一看，门口站着一个身姿修长的绿衣锦衣卫，正是多日不见的“绿骑之剑”常樱。

13 色

薛怀安乍见常樱有点儿惊讶，赶忙躬身施礼，道："常大人好。"

常樱客气地还了礼，见薛怀安的身子仍堵着门口，秀眉一挑，问："怎么，薛校尉不让我进去吗？"

薛怀安不好意思地笑笑，说："常大人请进，卑职这里只有荒院一座陋室两间，请别嫌弃。"

常樱跨入院门一看，才知道薛怀安倒是并没有谦虚，果然只是简单陈旧的屋舍庭院。院子西头有一个藤萝架子，上面毫无生气地爬着几道绿藤，藤上稀稀落落地缀着几片叶子，看上去犹如秃顶男人奋力在脑壳上拉出的几缕发丝一样，有和没有其实差不多。

"薛校尉，这些藤萝正用低等生物的无奈方式抗议你这个主人的疏于照顾。"常樱以开玩笑的口气指着藤萝架说。

薛怀安不好意思地挠挠头，很认真地答道："常大人此言差矣，如果按照家庭地位排名来说，这藤萝在我家可算不上低等生物。"

"哦？那谁是低等生物？"

"这个，让常大人见笑了，那低等生物就是区区不才卑职我，在卑职之前，尚排有藤萝一架，荷花一盆，恶童一名。"

常樱听了，忍不住笑出了声。她此次来意在招募薛怀安到自己麾下效力，原本就不想摆上司的架子，努力想要做出亲和之态。可是她年纪轻轻身处高位已久了，行止之间还多少带着点儿上位者的气派，如今这样一番说笑，终是放松下来，饶有兴趣地问道："倒说说为什么他们都排在你之前？"

"因为啊，我嘛，给口饭给点儿水就能生龙活虎精神抖擞，所以我家恶童给我准备的一日三餐总是很凑合。这架藤萝却不然，我家恶童八字和所有植物相克，从未养活过任何花草，唯有这架藤萝是个例外，竟然挣脱了死亡的宿命，顽强地活到了今天，故此我家恶童每日浇水，悉心照顾。至于这荷花，这是我家恶童的宝贝，必须由我每日亲自照料，不得疏忽。而我家恶童呢……"

"而你家恶童自然就是高贵无比喽。"常樱不等薛怀安说完就接了一句，然后坏坏地一笑，"薛校尉回身看看。"

薛怀安依言回身，正对上初荷气呼呼的小脸，立时机警地向后退了一步，双臂在腹前交叉一护。

以常人来说，薛怀安的反应速度已算很快，但初荷毕竟不是常人，她虽然身形瘦小，可由于每日练习臂力与腕力，出拳的速度远非薛怀安这样半吊子武功的人可以阻挡，不等薛怀安护好肚子，这一拳已经打在了他小腹上。

初荷打完这一拳，向常樱露出甜美可爱的笑容，伸出两只小手简单地比了三个字，这才转身走掉。

常樱只觉那少女的笑容明媚如春花骤放，即便自己身为女子也看得心中欢喜，不自觉地站在了初荷那一边，拍拍薛怀安的肩膀，道："你也真是的，干什么在背后说你妹子是恶童，多可爱的小姑娘啊，你这是找打。"

薛怀安捂着肚子没理会常樱，心中兀自懊恼不已，第一百次发誓从明日开始要勤练武功，退一万步，至少也要把男子防身术练好才行。

常樱却还对可爱的初荷感兴趣，兴致勃勃地问："我说薛怀安，你妹子比手势的样子好可爱啊。这个手势，喏，就是这样，是什么意思？”

薛怀安抬眼看了一下常樱的手势，道：“这是向你问好。”

“哦，果然，果然，可爱的人连问好都这么可爱。”常樱说着，脸上现出所有成年女性在遇见小小的可爱东西时候的花痴表情。

“那么，这两个手势又是什么意思？”常樱又边比划边问。

“这是大婶的意思，她说，大婶你好。”

“薛怀安。”

“嗯？”

“你想不想找人替你报仇？”

这边厢初荷出了心头恶气，见薛怀安把常樱引入正屋相谈，自己一时间无事可做，又静不下心思去造枪，想起杜小月刚刚去了女学的藏书阁，便决定去寻她。

她来到女学门口，见乌漆大门虚掩着，便径自推了门进去。

没走几步路，迎面碰上了女学的校长程兰芝。初荷记挂女学是否能办下去的事情，想要询问，身边却没有纸笔，只好可怜巴巴地望着她的女校长，犹如雨天无家可归的小狗一样。

程兰芝显然读出了这个少女的心思，温和地笑道：“初荷，你想知道女学还是不是继续办下去，对么？”

初荷点点头。

程兰芝仍然保持着笑容，只是眼睛里透着一些无奈，说：“这个我也说不好，想来你也知道一些吧，我夫家是福州府的望族，不大希望我继续经营这里了。再者说，惠安离福州府这么远，我嫁过去，怎么照顾这里呢？你看，我上次就去了福州府一天，这里就出事了，害你被恶人用枪抵着，吓坏了吧？要是我在的话，门房老贾敢这么疏于职守，让歹人那么容易溜进来吗？”

初荷听了，心下伤感，又替程兰芝觉得委屈。她看得出来，程兰芝当初决定终身不嫁、兴办女学，定是有自己的一番抱负，只可惜现实总是不能遂人愿，最后还是无法坚守住自己想要的人生。

初荷想要安慰一下程兰芝，却苦于无法言语，于是只得伸出手拉住她细瘦的手，轻轻地摇了几下。

程兰芝感觉到自己的指尖被面前少女温热的手掌包裹着，心下戚然。原本只道是自己的苦无人能懂，不想这样一个不能言语的小姑娘竟是明白的。但毕竟自己是师长，总不能在学生面前掉下泪来，只得按下心底泛起的酸涩，勉强回应了一个笑容，道："放心，我还好。"随即，她迅速把话题带离这让人黯然的事情，问："初荷今儿来学校做什么？"

初荷收回手，指了指藏书阁，做了一个翻书的动作。

程兰芝明白了她的意思，道："嗯，去吧，门开着呢。"

初荷向程兰芝行了礼，往藏书阁跑去，推门进去一看，没见到平日管理藏书阁的祝司库，心想大约是不在吧，就自己往书库里走去。

才一进书库，初荷就听见一种异样的声音，更确切地说，是几种古怪声音的混合。粗重的喘息，衣服的摩擦，低低的呻吟，似乎还有，嗯，也许是扭打的声音。

初荷面前是一排排一人多高的书架，她透过书架的缝隙往书库深处看去，隐约看到一个穿湖蓝衫子的女孩被一个男人按在了书库后方供学生们看书用的长桌上，男人正急急伸手去扯女孩的衣衫，一颗黑乎乎的脑袋往女孩的脸上压过去。

那女孩奋力地挣扎着，左右扭摆着头，努力躲开那人凑上去的面孔。初荷记得杜小月今早就是穿了这颜色的衣服，心上骤然一紧，恰在此时，女孩小半张脸在扭转中露了出来，竟然就是杜小月。

初荷顾不上多想，快跑几步冲上去，抡起拳头打向那男人的侧腰。那男人没有提防，侧腰又是人身上极弱的一处，重重挨了初荷这一拳，顿时倒向一边，露出一张被疼痛和欲望扭曲的面孔。

初荷一看，这男人竟然是女学的门房老贾，心里先是一惊，随即气恼不已，挥起拳头又出一拳，不料这老贾左臂一横，挡下了初荷这拳，紧接着跃身而起，一掌劈向初荷。

初荷跟着薛怀安学过锦衣卫必修的长拳和金刚拳，虽然这些拳法因为要在锦衣卫中普及，已经被做过了简化，可实用性却相当强。初荷右拳封住老贾的掌路，左拳直取他的下盘。

不想老贾也是会武功的人，他简单地往外一拨初荷的拳头，就化解了初荷原本凌厉的攻势。

初荷见状，心头一冷，明白老贾的武功肯定在自己之上。其实她心里清楚明白，自己的武功习自薛怀安，而薛怀安根本就是个二把刀，若不是因为自己臂力和腕力强，就算与一般会武功的人相斗，都不一定能占得上风。

为今之计，只有赶快叫人来帮忙了。只是初荷无法出声，于是一边打一边看向杜小月，用眼神示意她赶快大喊。但杜小月瑟缩在那里，眼睛蓄着泪水，如受惊的小兔子一样看着搏斗中的两人，似乎完全没有理解初荷的眼色。

初荷心头火起，越打越急，把看家的本事一股脑全部端了出来。

说起她的看家本事，也来自薛怀安的真传。只因薛怀安武科成绩太差，当时负责他们那一批新锦衣卫的百户实在看不过去，怕他将来遇险，于是把一些虽然下九流但却很实用的招数掺和在金刚拳中，编排出一套特别的拳法教给了薛怀安，而薛怀安又无私地传授给了初荷。

这些招式虽然登不上武学的大雅之堂，但由于都是一些攻击对方阴户或者抠眼珠子这般的阴损招数，初荷使将出来，在这个狭小的空间竟然也颇为好用。老贾武功高于初荷，原本心中并不惧怕她，不想这小丫头看着瘦瘦小小，但是拳头竟这么又快又重，倒像是每天都在扛大包、举石方一般。更想不到的是，这么个面目秀气纯净的少女，出手竟是这般下三烂的功夫，三五个回合之间，已经两次直取他阴户，一次在锁喉这个招式的半道突然变招，直戳他的眼睛。

这样纠缠下去，老贾一时占不到半点便宜，心里就虚了。他估摸自己若是这么打下去，倒是能赢得过这个小姑娘，只是不知道要在这里耗上多久，于是虚晃几招之后，瞅准一个空当，拔腿就溜掉了。

初荷见他跑了，明白只是侥幸，故而不敢去追，平复了一下呼吸，回身去看杜小月。她见桌上正好摊着笔墨，提笔写道："怎么不呼救，傻了啊？"

杜小月歪头看看初荷的问题，突然抱住初荷，"哇"的一声大哭出来，一边哭一边呜呜咽咽地说："初荷，初荷，只有你对我最好！初荷，我害怕！我害怕！"

原本初荷是有些怪她不懂自我保护，可是那样一具温热而瘦弱的身体，在自己怀里战栗着，像怀抱某种受惊的小动物，她便生不起气来，在心底里翻转着：拳脚还是有局限，火枪随身带着也太突兀，这次回去要研制一些诸如炸雷这样的东西，将来给小月一个随身带着。

然而，初荷还没来得及把炸雷做出来，杜小月便死了。

14 尸

杜小月的尸体是初荷在惠安城外的一片山林中第一个发现的。

待到薛怀安赶来，一见那尸身的惨状，第一个反应就是用手掌去遮住初荷的眼睛。

他的手覆盖在她眼睛上的时候，能够清楚地感觉到她的身体在微微颤抖。虽然知道这样做无济于事，作为报案者之一的初荷恐怕早就把杜小月的惨状刻在了脑海深处，可是，他仍然固执地希望，能以这样的方式为她挡住这世界的丑陋。

虽然初荷从未再提起过那些可怖而伤心的过往，可是有的时候，他会在她的眼里看到一种坚硬而冰冷的东西，好像是一些黑色在岁月里凝成了千年不化的玄冰，沉在眼底，沉在心里。

他不期望能让这坚冰消融，却以为也许能为之镀上一层温暖的颜色，那么美的眼睛，如若总是暖暖看着人，多好。

然而这世界总是一再让他失望。他不知道为什么，明明所有的一切都在以前所未有的速度向前发展，人们能够航行得更远，看到更多的星辰，生产出效率更高的机器，创造出更多的财富，却让心更加黑暗。

不知道是不是记忆力的问题，他对自己幼年时代的印象很是模糊，几乎记不起什么具体的事件和人物，可是印象里，倒退 20 年，人们还是那么闲适地生活着，在类似惠安这样的小城镇，几乎是路不拾遗、夜不闭户的。

而现在，到处犯罪横生。在那些被财富抛弃的阴暗角落里，被父母遗弃的女孩变成了雏妓，失去田地的农民变成了抢劫犯，遭老板解雇的工人变成了亡命徒。

而在那些被金钱光芒照耀的厅堂中，也不过只是表面看上去优雅体面而已，如同冰冻的河流，于虚伪的道德冰层之下涌动着欲望与恶念的激流。

也许这世界真的要改变了吧，而这些罪恶就是蜕变前的阵痛。

在这样的阵痛中，有些人不幸成为了历史车轮的牺牲品。

这一次，是杜小月。

杜小月的尸体衣衫凌乱地躺在离山道不远的草丛中，白皙的胸部和大腿半露在一袭紫衣外面，显得格外刺眼。隔着被撕裂的衣服可以看见她身上大约有三、五处伤口，下体沾满鲜血，一双曾经明媚闪亮的眼睛笼罩着死亡的灰暗，直直看向天空，仿佛诉说着死不瞑目的怨恨。

唯一值得庆幸的是，当时正在这山顶茶室的初荷和同学们及早发现了杜小月的尸体，而平日里对刑侦耳濡目染的初荷第一时间保护好现场，不让任何人去碰触尸体或者破坏凶案现场的一草一木，也不让当时任何在山上茶室中的人离开。她自己看着现场，又找了一个仆役快速下山给薛怀安报信，这才让薛怀安和李抗在赶到的时候看到一个几乎没有被破坏的案发现场。

李抗布置好随行的锦衣卫去搜山，希望寻找到凶器之类的线索，自己则带上初荷和剩下的几名锦衣卫去山上茶室给被扣下的众人录口供，留下薛怀安和仵作齐泰一同查验尸体。

薛怀安见初荷的身影终于消失在山道上，这才安下心细看杜小月的尸体，然而只是扫了一眼，心头便再次抑制不住升起怒意。早晨还在自家院子中低眉浅笑的少女，如今却化作眼前一具冰冷的尸身，那样红红白白的一副血肉瘫在地上，突兀而霸道地彰显着罪恶与死亡的真实存在，容不得人略微闪避，只得迎上去，以钢铁一般的心去面对。

仵作齐泰见薛怀安沉着面孔盯住尸体不说话，便弯下身自行解开尸体上的衣裙，细致检验起来。

齐泰四十来岁，方脸阔口，相貌老成，仵作经验丰富，看了一下伤口便说：“腹部有一道六寸上下的伤口，左乳房下面有两道三四寸的伤口，看样子似乎是刀伤。以伤口的深度来看，腹部这道伤可能是致命的。”

杜小月的下体有些血肉模糊，阴道口沾着少量白色粘稠物，齐泰在野外不方便仔细检查，粗粗看了一下，确认说大概是阴道撕裂的损伤所致，而白色粘稠物则是精液。

齐泰扭头去看薛怀安，向他征求意见：“看来是奸杀？”

薛怀安眉头紧锁，却并没有回应，犹如没听到齐泰的问询一般。

齐泰和薛怀安合作久了，知道这薛校尉虽然于刑侦断案上头脑灵光，可是一思考起来心头上就装不得别的东西，故而见薛怀安不理他也并不在意，只是继续埋头做事。

他将杜小月的手臂弯了弯，也不管薛怀安是否在听，自顾自说道：“尸首只是刚刚开始有一点儿僵硬。”

这一次，薛怀安倒是有了回应：“如今是初夏傍晚，山中还有些凉意，以这僵硬程度来看，杜小月死亡的时间应该在一个时辰以内。”

这推断和齐泰的推测差不多，他点点头道：“超不过一个时辰。”

“嗯，算起来，光那报案的仆从来百户所花费的时间再加上咱们赶来的时间，也要有小半个时辰，这样的话，初荷她们发现杜小月尸体的时间大约和杜小月被害的时间相隔不久。”

齐泰点点头，又仔细翻看了尸体的眼睛、口鼻、手脚和腋下等细微之处，瞧着尸体正面再没有什么重要之处，便翻过尸身，去检查背面。

这身体一翻过去，就看见左后背上部有一个大血洞，齐泰脸上露出疑惑之色，抬起头望向薛怀安，道："这伤口也是可以致命的，比肚子上的那一刀只重不轻，说不定是一刀捅在了后心上。"

薛怀安只是点点头，却又不说话了，只是神色越发地凝重起来。

杜小月原本皮肤白皙，此时她的背部和臀部还有大腿后侧散布着几处深深浅浅的紫红色尸斑，虽然不多，却对比强烈，很是醒目。

齐泰看了看，说："尸斑还不算多，身体才发硬，死了一个时辰这事儿估计是错不了了。尸斑位置在后背和臀部等处，应该是死了以后一直保持背朝下的姿势所致。"

齐泰又认真检查了一会儿，见薛怀安站在那里眼神直愣愣地盯着尸体发呆，也不多言，拿出记录验尸情形的尸格开始填写，待到尸格都填好了，他才听见薛怀安慢悠悠地开口问："以这伤口来判断，你认为当时的情形是怎样的？"

齐泰缓缓地斟酌着回答说："只看伤口的话，凶犯大约是先从后背一刀扎在这孩子的背心，将她放倒之后再奸淫。"

"那么，为何在正面又有那么重的刀伤？难不成杜小月这么一个十六岁的小姑娘在被人插了背心一刀之后，还有力量与人搏斗来着？"

"这也许是因为凶犯在奸淫杜小月的时候，她还没有完全丧失意识，故而有过挣扎，所以凶犯又丧心病狂地给了她几刀。也可能是杜小月在背心中刀之前先和凶犯搏斗过，伤在前面，但是最后致命的一刀是伤在了后背。"

薛怀安摇摇头，道："你看这后背伤口处凝着的血如此之多，我相信这个伤口一定很深很重，我不认为一个小姑娘在受了这样的伤之后还能如何挣扎，以至于必须要再补上几刀。回百户所后你清洗好尸体，看看伤口深度，就知道我说得对不对。"

齐泰点头称是，问："那么，就只可能是在背后受伤之前有过搏斗喽？"

“这个可能倒是有的。这腹部的伤虽然也可致命，但是如果伤口不够深的话，人伤了腹部的确能比伤了其他要害部位多存活一会儿。假设这两人在山中相遇，搏斗中杜小月不敌歹人，受伤奔逃，不幸被歹人从后面追上，背心中了这致命的一刀。”

薛怀安说到这里，抬手示意蹲在地上的齐泰将尸体再次反转到正面，之后蹲下来，带上验尸专用的麂皮手套，亲自拨开尸体腹部伤口的凝血，粗看了一下伤口的深度，肯定地说：“不错，这条伤口虽然长，但是深度未及腹腔内大动脉，故此不会在极短的时间致命。”

齐泰就怕薛怀安这样念过大书院的人说什么“动脉”、“腹腔”之类文绉绉的词，半开玩笑地说：“校尉大人，你跟我这个粗人直接说血管和肚子就好了，你们学的那个叫啥哈利的洋大人的东西我听着晕乎。”

“是哈维，威廉·哈维。”薛怀安说着，站起身，向四周看了看，道：“如果是这样的话，这附近应该有搏斗和奔逃的痕迹，待我勘察一下附近再说。”

15 记

薛怀安起身细看尸体四周，只见周围的杂草除了有几处被踩倒的地方，并没有任何剧烈搏斗过的痕迹。至于踩倒之处，则已经分辨不出是初荷赶来时所踩踏造成，还是凶犯踩过的痕迹。

他又俯身去看地上凝结的血迹。这条血线蜿蜒着向树林边的小路而去，沿着血迹很容易找到青石板山路上。那大概是杜小月最初受伤的地方，那里的青石阶上凝着一大滩已经发黑的血迹。当初初荷她们正是因为看到这滩血，才追踪着血迹找到了林中杜小月的尸体。

“在石阶这里搏斗，胸前受伤，然后跑进去，背后重创。”薛怀安低声自言自语着，眼睛盯着地上的血迹，脑海中努力勾画着当时可能发生的情景。

他就这样站在青石阶上，面对着一滩血迹一动不动足足有一盏茶的功夫。直到齐泰实在忍不住了，在旁边假咳了一嗓子，他才回过神来，指着地上的血迹说：“齐泰，你怎么看这滩血。还有这一路上的血迹？”

齐泰盯着一大滩黑色的血迹看了一会儿，又顺着血迹往林子深处望去，似乎有些明白薛怀安的意思，但神色又并不确定，略一犹豫，道：“如果只是胸前那几处伤口流出的血，不会造成这么一大滩血迹，这里的血迹似乎是太多了。”

“更何况，如果是受了伤就往林子里跑，地上根本就不该有这么多血迹，整条向林子中延伸的血迹都似乎太过清晰了。如果单纯看血迹，倒是应证了你先前所说，杜小月背后先受重伤，然后倒地在此，染了一地血迹，接着歹人再将杜小月拖到林子里施暴，才会在地上留下一条清晰的血线。可是如果是这样的话，她胸前的那几处伤口就如我们刚才所说，有点儿讲不通了。”

齐泰想了想，道：“但也很可能是杜小月和歹人先在这里搏斗，胸前受了伤，接着在争斗之中背后受了致命的一击，倒在地上，才会有这么大一滩血迹。”

薛怀安摇摇头，道：“我也这么想来着，可是两个人面对面搏斗，却是后面受了重创，这件事本身就有些不合情理。但假使这可以用在殊死搏斗中任何意想不到的情况都可能发生来解释，却还有一处也有些说不通。”

说到此处，薛怀安指着地上的血迹，又道：“你看，地上没有留下一个带血的脚印。按理说，如果是搏斗和追赶的话，歹人很难不踩到血迹而留下血脚印。很显然，这里没有发生过剧烈的搏斗。”

听薛怀安这么一说，齐泰眼中露出了迷茫的神色，问道：“大人，您这么说卑职可就真的不明白了。您最开始说，杜小月背后先中了致命一刀，然后被奸淫这个推断不对，因为她正面胸口还有刀伤。现在您又说，杜小月先在搏斗中正面受伤，然后背后才受了致命一击这个推断也不对，可是这件事不外乎就是这么两种情况，还能如何呢？”

薛怀安刚想回答，忽然眼睛一亮，指着低一些的一处青石阶大喊一声：“你看。”

此时太阳已经几乎落山，山道上昏暗不明，薛怀安所指的地方半隐在石阶投下的阴影中，齐泰伸脑袋看了看，大概是看不出什么，又步下几级台阶，走了几步凑过去，才见到了一处血迹。

确切地说，这并非一处血迹，而是一个用血写下的记号。

齐泰并不认得那记号，疑惑地看向薛怀安。

薛怀安按捺住有些激动的心情，说："这个是小写的英文字母 i。"

"哎呦大人，您别欺负小的不认识洋文好不好。卑职年幼时家里穷，连公学都没有读完，您就直说了吧，这个洋文又说明了什么？难不成凶手是一个洋人？"

"这个字母被写在这里是什么意思我不知道，但是你看看它和这滩血迹之间的距离，以杜小月的身高和臂长来看，如果她背后受了重伤，倒在这里，手部位置大概正好就是这个记号。"

齐泰恍然大悟，道："哎呀呀，这样我就明白了。既然这里没有搏斗过，那么杜小月就是一刀被歹人刺中后心，爬倒在这石阶上，虽然无力反抗，却还是用最后的力气，趁着歹人不注意时，用带血的手指写下了这个字母，然后便被带到林中奸淫。至于胸口的刀伤……这个、这个……"

"还是解释不出来胸口的刀伤对不对？我的解释是，这几处胸口的伤无法解释。"

"是哦，要是没有前面胸口的这几处刀伤，就好解释了。这里的伤还真是古怪。"

就在这时候，李抗带着其他锦衣卫从山上走了下来，薛怀安见了迎上去，略一施礼，问："李大人，你那里有什么进展？"

"山上的人我们挨个儿录了口供，几乎都是差不多的。这清凉山茶室是馨慧女学校长程兰芝家的，因为地方幽静清凉，风景又好，女学的很多聚会活动都在这里举办。这一次她们聚在这里，是因为程兰芝要宣布停办女学的事情。"

"这事情早听初荷说过，这回是定下来了，不过何必跑到这里呢，在女学里面讲一声不简单么？"

"你个大老爷们儿怎么知道人家一群小姐们的心思性情，人家要的就是这个雅致调调。人家这是搞一个最后散伙的聚会，席间又是饮茶又是赋诗，还有人上去唱曲儿演戏。”

李抗说完不屑地摇摇头，突然又想起了什么，略带忧虑地一拍薛怀安的肩膀，道：“怀安，我开始犹豫要不要把女儿嫁给你了。她最讨厌没情趣的粗人，我担心你们小两口性情不和，日子久了要生口角、闹是非。”

薛怀安立刻顺杆儿爬：“是、是，我也这么担心。大人，她们可说了杜小月何时、为什么离开？”

“杜小月何时走的有些人没注意，有和她比较亲近的人，说是看见她在程兰芝正式宣布了女学停办以后没多久就不声不响一个人走了。后来因为一直到聚会结束她也没回来，你妹子几人才出来寻人的，不想在下山的山路上看见了血迹，追踪着血迹就发现了她的尸体。”

“话说回来，你妹子可真是胆子够大，别的小女孩都不敢进林子，她一个人往里面找去的。哦，对了，你妹子还说三天前女学的门房老贾欺负过杜小月，我已经差人去抓他回来问案了。”

薛怀安听了露出极不高兴的神色，一下子黑了面孔，抬头在人群中寻找初荷，正好与一个气质高雅的女子四目相对。

那女子身形瘦削，脸上轮廓分明，一双眼睛却温柔安定，别有一种风致。她冲薛怀安点了点头，紧赶几步走过来，说：“薛校尉，不知道我和其他人什么时候可以走呢？马上就要天黑了，学生们都很害怕。”

不等薛怀安回答，李抗接话道：“程校长，这个你不用担心，出了这种事，我一定会派锦衣卫送所有人回家的。稍等片刻，我的人已经录好口供，马上你们就可以走了。”

程兰芝温雅地一笑：“那就好，希望李百户把精神多放在该抓的人身上。”

程兰芝说完转身走了，空气中唯有似有若无的兰香暗盈。

李抗看着她走远才对薛怀安说：“别看这女人身量不大，其实厉害得很。据说年轻的时候什么人都看不上眼，所以才一直没有人敢娶她，这次好不容易有人愿意娶了，听说也是因为金钱的原因。说心里话，我觉得令妹要小心，她也有点儿往那个方向发展的势头。”

薛怀安敷衍地笑笑，忽然看见初荷在一群女孩子中一闪，他快走几步拉住她带到一旁，说：“快走，我先送你回家，晚上估摸着我要在百户所干通宵了，你到邻居王婆婆家睡去。”

初荷有些不大愿意，脸上露出讨好的笑容，问：“我和你一起去百户所好不好？我也许能帮帮你。”

薛怀安不说话，臭着脸，用手比了大大的“不可以”三个字，拽着初荷下山去了。

16 笨

一路上初荷一直试图打听案子的事情，可是薛怀安却打定了主意不说，一来二去两人闹得僵了，一路无语回了家。

快到家门口的时候，两人发现门口站着一个少年。那少年东方面孔，却穿着西洋人的长靴、紧身裤和白色蕾丝衬衫，加暗红色天鹅绒外套。只是衣物都有些陈旧了，白衬衣变成洗不出来的灰白色，天鹅绒外套在肘部已经磨光了绒毛，黑靴子也有点儿褪色。他身边地上还放着一只破破烂烂的巨大旅行皮囊。

少年站在夕阳最后一缕余晖之中，四周是越来越浓的夜色，但是他整个人却好像发着光一样，一时之间，让人觉得并非是黑夜在将他的世界逐渐吞噬，而是他在用自己的光一点一点地驱赶着黑暗。

薛怀安定了一下神，才能明白这样犹如幻觉的景象不过是因为那少年实在长得太美了。他暗自舒了口气，想：我就说嘛，这种超自然现象是不存在的。

少年也看见了薛怀安，脸上露出极度喜悦的神情，几步跑上来，热切地以外国腔问："你是壮士，是吗？"

薛怀安一愣，不大明白这么个绝色少年为什么要叫自己"壮士"。

"是吧？是吧？我可找到你了。"少年雀跃地说，漂亮的眼睛里闪着

光。

薛怀安听着他的口音，觉得他汉话说得很是生硬，根本就是洋人的口音，恍然大悟，这东方面孔的少年一定是在外国长大的，所以对汉语词汇的用法掌握很不精确，他所谓的“壮士”，大约就是想表达“大侠”、“好人”这样的意思。再看他一身破败的样子，莫不是遇到诸如抢劫什么的倒霉事情，因而来寻求帮助的？

想明白这一层，薛怀安和气地点点头，笑眯眯地说：“不要叫我壮士，这个不敢当，在下从小到大没有壮过。愿意的话，称我一声大侠倒是可以的。小兄弟，有什么要大侠哥哥帮忙吗？”

少年听了一脸失望，用他的外国腔难过地说：“不对吗，不是？不是壮士？”

薛怀安耐心地说：“不是我不是壮士，是我觉得我不是壮士，所以，我说我不是壮士，但实际上你可以认为我等同于壮士。”

有着绝美东方面孔的少年彻底被搞晕了，骤然露出极度绝望的神情，一把拉住薛怀安说：“壮士、壮士在哪里？不是说，住在这里吗，他，原来的，房东，说，他留下的，地址是，这里。”

话说到最后，少年已经急得汉语都讲不连贯了。薛怀安看着着急，心说：没想到原来还有比不会说话的哑巴更难沟通的人啊，这少年长得这么伶俐，怎么这么难沟通呢？

初荷在一旁看着觉得好笑，一拉薛怀安，用手语说道：“花儿哥哥，你问问他要找的壮士叫什么名字吧，他都抓狂了。”

“嗯，小兄弟，你要找的壮士叫什么名字？大侠哥哥我是锦衣卫，也许能帮你找到。”

“就，叫，壮，士，啊。”少年哭丧着脸，一字一字地说。

初荷心思灵，一下子反应过来，对薛怀安比着手势：“‘壮士’大概是个人的名字。”

薛怀安恍然大悟道：“啊，你是找姓‘壮’名‘士’的人？”

少年汉语不灵光，一下子没有听得太懂，迷茫地眨眨眼看着薛怀安，绝美的脸上便添了一份趣致的神情。

初荷想起这少年汉语发音不准确，大约是发错了音，哪有姓“壮”的，忙拿出随身携带的本子和碳笔，写了一个“张”字，递到薛怀安眼前。

薛怀安见了明白过来，又慢慢地说：“小兄弟，你看我口型。你，是，不，是，找，一，个，姓，张，的，人？”

那少年又眨了眨眼睛，终于有点儿明白过来，也顾不上礼貌，一把拿过初荷的炭笔，写下 Johan Shyer 这个英文名字，问：“是你吗？”

薛怀安看着这个名字，眼睛里升起回忆的雾霭，恍然想起很久以前有个不修边幅的英国老人操着口音浓重的英文问他：“以后叫你 Johan 好不好？”

“壮？好难听的名字，不好，我叫薛怀安。”

老人努力地绕着舌头，练习了好久，仍然发不好“薛”和“怀”这两个字，唯有“安”的读音精准无比。

“教授先生，就叫我壮好了。”小小的男孩看着老人吃力发音的样子终究于心不忍。

老人拿起鹅毛笔，在纸上写下 Shyer 这个字，说：“Shyer 这个发音和你的中文姓很像，你的英文姓就这么写吧。”

“嗯，Johan Shyer，这是先生在叫我，怀安记住了。”

薛怀安从往事中回神，顿了顿，问：“你认识牛顿先生？”

少年眼睛顿时一亮，兴奋地大叫：“我就说，我就说你是 Johan Shyer 嘛！你好，我叫本杰明·朱，你可以叫我本，我是被牛顿先生从孤儿院领出来的，他去世之前叫我来找你，让你照顾我。”

“嗯？”薛怀安有些犹疑，想要确认一下，问：“以后叫你笨，没问题么？笨·猪？”

“没问题，朋友都这么叫我。”少年微笑着说。

薛怀安和初荷互相看看，默契地笑了，心里都想：外表看上去这么聪明精灵的人，脑有点儿残，可惜了。

初荷说："花儿哥哥，不如按照我们南明的习惯叫他小笨吧，多好听啊。"

薛怀安读完初荷的唇语，对笑意盈盈的美少年说："这是初荷，她说以后按照南明的习惯，我们管你叫小笨，好吗？"

本杰明汉语说得不算好，可是词汇量还是够的，他一想，小猫、小狗、小鸭子，凡是汉语前面加"小"的都是表示弱弱的可爱的东西，怎么能让别人这么叫自己这样一个男子汉呢，于是很认真地说："不，叫我大笨。"

薛怀安和初荷一听，忍不住都哈哈大笑起来，本杰明猜到有什么不对，脸上腾起两团红晕，道："要不，壮，你叫我小笨可以，这个妹妹一定要叫我大笨。"

薛怀安没想到天上能掉下这么个开心果，乐得嘴都合不拢，好容易控制住笑，说："好的，笨，你可有牛顿先生的书信或者别的什么来证明身份？"

"壮，你稍等。"本杰明说完，弯腰在他那又大又破的皮包里面开始翻找起来，叮叮咚咚扔出来一堆东西，才找到一只红色的羊毛长袜，从里面掏出一个纸卷儿，递给薛怀安。

薛怀安接过纸卷，不觉又笑，道："笨，牛顿先生也喜欢把东西藏在袜子里，你这是和他学的吧。"

"嗯，大约是吧，反正就觉得这是很好的藏宝地点。"

薛怀安打开纸卷，果然看见牛顿先生那熟悉的笔迹。书信很是简短，嘱咐他要在自己临终后收养这个领养的中国孤儿。

"那么，笨，为什么现在才来找我？牛顿先生去世六年了，不是吗？"薛怀安问道。

"我今年 18 岁，教授去世那年我才 12 岁。你也知道，教授先生没有结婚，没有孩子，我虽然是养子，但是没有办理过合法收养手续，不能继承他的遗产，所以，我又回到了孤儿院。你知道的，他们不会让一个12岁的孩子坐远洋船出国的，我必须至少满16岁。”

“那么，为什么16岁时候不来呢？”

“哦，我是16岁出发的。”

薛怀安有些震惊地问：“怎么，难道你用了两年才来这里？坐海船走好望角，6个月之内不就能到了吗？”

“这个……”少年说到这里，眼睛骤然放出强烈的光彩，整个人仿佛在黑暗中燃烧着，他一挥拳，说：“壮，你知道吗，你知道我虽然花了两年的时间，可是省了多少钱？”

说着他伸出手来，掰着指头算起来：“我买的是由伦敦出发，经好望角和马六甲海峡到南明的船票，但是我买的是货仓票，因此打了7折。然后，在好望角，我们的船要改道先去印度，不愿意这样走的人可以换同一家公司的其他船走，愿意绕到印度的票价再打一个8折。我自然选打折的。”

“到了印度，赶上当地发生霍乱，船上死了好多水手，船长取消了原定来中国的航行，要先去莫桑比克再来中国。船上的客人可以换同一家公司的其他船走，但是船长说他缺少打杂的，如果我愿意在船上打杂，船票可以再给我打一个9折，我自然选做水手的。”

“我们到了莫桑比克装货，船长说这船要回葡萄牙，如果我继续当水手打杂，可以再给我的船票打一个9折，反正他们回了葡萄牙卸货后还要再出发走远东航线的，也就是说还要来南明。哦，壮，你知道这只是时间问题，所以我自然选继续当水手。你瞧，壮，我这不是最终还是来了嘛，省了多少钱啊。”少年以骄傲自豪的口吻说。

薛怀安对数字很是敏感，听到这里，点了点头，赞道：“嗯，不错，这样算来，你只花了原来船票的45.36%就完成了从英国到南明的航行，的确是省了很多钱。”

少年一听到“省钱”二字，绝美的眼睛几乎要射出兴奋的电光来，又一挥拳，说："这两年航行中船上还管吃管住给两套换洗衣服，这么一算，省的钱不止是 45.36%。"

薛怀安被少年对省钱的热诚感染，一拍他肩膀，热情地说："嗯，来吧，笨，欢迎你，我们家就需要你这样精打细算会过日子能省钱的人。"

因为家里有了本杰明，薛怀安同意初荷不去邻居家过夜。鉴于案子紧急，薛怀安来不及和本杰明多聊，草草安顿他先在自己房间住下就走了。

初荷睡在自己屋中，想着杜小月的事儿，无论如何也睡不着，眼睛盯着床上藤萝架的投影，看着它们随着月亮的移动悄然改变着方向，心上不知道为何空落落的，仿佛是有什么该做的事情没有去做一样。

突然，她看见窗上多了一个人影，那人影沿着窗子，正慢慢地靠近自己的房门。她心中一紧，把手探到床垫之下，摸出一支小火枪，缓缓坐起，举枪对着门，听着自己的心跳，一秒一秒地为这个不速之客的光临倒数。

17 盟

床榻离门的距离是七步，在这个距离上，如果我开枪的话，这个人必死无疑，初荷举着枪，在心里暗暗算计着。

尽管是制造武器者和神枪手，可是 14 岁的少女从未将枪口对准过任何人，在想到有人会在自己枪下死亡的一刻，她的心不可抑制地剧烈跳动着。血脉的波动影响到手臂的稳定性，在月色中，她可以清楚看见枪口上凝着的一抹月光因为手臂的颤动而轻轻晃动着，恍然如月华流淌。

初荷深深吸一口气，稳定住情绪，告诉自己："也许可以不开枪，只是吓唬对方一下。"但是她从心底里知道这其实是不大可能的。她发不出声音，没办法呼救，如果对方是一个亡命之徒，一看自己这么个小姑娘拿着一把枪，万一不放在眼里，强行扑上来夺枪的话，自己只有扣动扳机这唯一的出路。

那么，也许可以去射肩膀或者大腿这样的部位，她快速思考着。

初荷知道这样的准头自己是有的，当然前提是对方要像木头靶子一样静止不动，如果对方一进门就直扑过来，她不确定在黑暗中是否还能射得这样准。于是，她忽然有些恼恨起自己不能出声来。如果可以出声，在对方进来的时候自己大叫一声吓对方一下，只要对方的动作稍有停顿，哪怕只是站住一秒钟，她相信自己也能准确地射中任何想射中的部位。

她下意识地张开嘴，可是除了呵呵的出气声，什么都发不出来，甚至是绝望的尖叫。

这世界，原来是不允许她绝望的。

然而这些心事在心里一转动，初荷发觉自己心跳的速度降了下来，第一次向活人开枪的恐惧心理渐渐褪去，持枪的手稳定而有力。

眼看那人的影子到了门口，十字雕花门的毛玻璃上映出一个被月光拉变形的身躯。突然，初荷听见院子里一个外国腔大喊道："You，干什么呢！"

门口的人影一晃，显然是被那一声大叫吓到了，转身就要往外跑。不想本杰明的动作倒是很迅速，一瞬间已经蹿了上来，初荷只见屋外两团黑影扭打在一起，一时间也分不出谁是谁，匆忙拎着枪就去助战。

她推门一看，穿着浅蓝色熊宝宝睡衣睡裤的本杰明正和一个蒙面黑衣人抱在一起在地上翻滚。那黑衣人明显是有武功的，被本杰明用这样小无赖似的打法缠住，却还是招数清晰明确，每拳都击在本杰明的要害。

但是本杰明看起来定是在街头混过，对打击的忍耐力很强，无赖型招数的使用也十分熟练，扭啊、缠啊、拽啊，像一条咬住对手的泥鳅一样执着。

初荷怕开枪误伤本杰明，把火枪往怀里一插，忙冲上去助拳。

她冲上去的时候，本杰明正好被黑衣人的膝盖狠狠顶在下腹的要害，紧接着又是一拳打在脸上，一脚踹在肚子上，本杰明支持不住，终于被黑衣人踢飞。

黑衣人一跃而起，夺路就要逃，初荷的拳头已经挥上来，阻断了黑衣人的去路。

两人立时缠斗在一处。两三招之后，初荷已然知道自己的武功绝不是这黑衣人的对手，不自觉地就施出了自己下九流的必杀技。

然而即使用上了必杀技，两人的武功悬殊，初荷还是越打越吃力，终于被那人一个重拳击在胸口上，心中血气翻涌，噔噔噔向后连退了三步，眼睁睁看着那人翻墙跑了。

初荷捂着胸口不敢大口喘气也不敢动，生怕呼吸一用力就会吐出血来。好一会儿，她觉得胸中的血气稍稍平息下去，才慢慢回转身去看本杰明。

本杰明刚从地上爬起来，手里拿着初荷的火枪，有些疑惑地望着初荷说："初荷，这是刚才你打架的时候从怀里掉出来的，你怎么有枪？南明的治安很不好吗？"

初荷见自己的枪在月光下泛着让人无法忽略掉的银辉，不知道该怎样解释才好。幸好自己还有不能说话这个挡箭牌，胡乱用手比划了几下，假装是在用手语解释，然后一伸小手向本杰明要枪。

本杰明见初荷这般，也没多想，就把枪递了回去，道："看来，治安的确不好，明天我也向壮要一把枪去。"

初荷一听就急了，赶忙拉住本杰明的衣角，指着自己的房间示意他跟着来。

本杰明会意，以为初荷还有什么要紧事，跟着她进到屋里。但见初荷点了油灯，再从橱柜里拿出三两样精致的小点心放在小圆桌上，又给他倒了一杯清水，指了指桌边的鼓凳示意他坐下休息。

本杰明依言坐下，暗道她这原来是要感谢自己呢，不由觉得这少女really really 可爱。故而虽然他身上被打伤，此时吃东西和喝水都会牵动伤处，可还是高高兴兴地吃喝起来。

初荷坐在小圆桌的另一边，笑眯眯地看着本杰明，待他吃完，递过去一张纸。

本杰明一看，只见纸上写着："缺钱不？"

本杰明把最后一口点心塞进嘴里，囫囵嚼了几下子，用一口水送下去，忙不迭地点头，道：“缺。”

初荷拿回纸，又写了一句递过去：“准备在这里怎么赚钱？”

本杰明托着腮帮子想了想，说：“不知道啊，我也没什么本事，卖苦力倒是可以。”

初荷脑海中跃出美少年扛大包的情形，忍不住又笑，继续写道：“梦想过成为大富翁么？”

本杰明一看这句话，眼睛里顿时燃烧起熊熊的理想之光，整个人立刻充满了斗气，一拍桌子说：“想，这就是我人生一直为之奋斗的梦想。”

“这样的话，为我工作吧，每个月白银五两。”初荷继续写道。

本杰明在看到“每个月白银五两”这五个字后，心中激荡，热血沸腾，想也没想，大声说：“好，成交，你要我做什么？”

初荷写道：“就是替我办一些杂事，比如去一些女孩子不方便去的地方买东西。”

“可以，就是做你的跟班对嘛？完全没问题。”

“我们之间的事情，要对怀安哥哥保密。”

“为什么？他是你哥哥啊。”

“这是我的隐私，你为我效力，就应当替我保护隐私，视我的隐私如同你的隐私。”

本杰明望着桌子对面的少女，她的面孔莹白如暗夜里绽放的白莲花，有一种清冷而淡薄的美感，大约是因为不会说话的缘故，即使脸上漾着笑意，眉宇间似乎也含着隐约清愁，让人想起故事里被恶龙困在城堡中的公主，正在等待解救她的骑士。

他略微踌躇了一下，道：“我明白了，我要像效忠你的骑士一样，以你的隐私为隐私，你的荣誉为荣誉。”

初荷点点头，继续写道：“是的，骑士先生。那么，今天晚上发生的事情一个字也不能对花儿哥哥说。”

“明白，放心。”本杰明拍着胸脯说，虽然他原本非常想向薛怀安炫耀一下自己打跑了一个夜里来偷东西的贼人。

“好吧，交给你第一个任务。”

本杰明突然站了起来，将右手放在胸口上，学着骑士的样子弯身鞠了一躬，说：“请您吩咐。”

“今天傍晚时候，我好朋友被杀了，这个案子的进展你要时时帮我从花儿哥哥那里打听着。”

“如君所愿，誓不辱命。”少年把手放在心脏跳动的位置，将这八个字说得意外的字正腔圆。微微跃动的灯火之中，他脸上的诚挚之色耀目如黄金，以至于望着他的少女一时间分辨不出来，那究竟是五两白银带来的光彩，还是她真的有了一个虽然头脑简单却绝对忠诚的骑士。

18 迷

薛怀安回到百户所的时候，只有仵作齐泰在等着他。

“其他人呢？”

“瓜蔓抄去了。”

“瓜蔓抄”这个典故来自还未分裂时的大明。当年大明锦衣卫的侦缉手段很是严酷，抓住一个可疑的人，就会沿着这个人的亲朋好友甚至仆从家奴的脉络，犹如顺着瓜果的藤蔓一样排查下去，但凡有牵连的，一个也不放过，最后常常一抓就抓出所谓的同党无数，然后各个用刑逼问，甚至屈打成招。

如今南明律对锦衣卫的权限虽然有新的规定，可是这个词和这种作风还是延续了下来，意指大规模挨家挨户的搜查。

薛怀安不大喜欢这样的行事手段。在他看来，刑事侦缉中细密而有逻辑的思考远比这样的体力活有效。只是锦衣卫的风气做派形成已久，并不是他一个小小校尉可以改变得了的。

“抓谁去了，是馨慧女学的门房老贾吗？”

“可不就是他，听说那家伙跑了，害得咱们百户所分散在十里八乡的锦衣卫全部被调动出来。”齐泰一边说着，一边把准备好的温水拿出来，开始清洁杜小月的尸体。

薛怀安见了便戴上手套去帮忙，齐泰忙说："这些龌龊的事情，卑职来做就好了。哪有锦衣卫干这些的，薛大人还真是古怪。"

"我干这些心里比较踏实。"薛怀安答道。

齐泰手上不停，嘴上颇有些感慨地说："所以啊，卑职总觉得薛校尉是不大一样的人。校尉大人，你至今还是个校尉，真是委屈呢，想想你来了我们这里，大小案子可破得不少。李百户既然欣赏你，为什么不给你升职呢？"

薛怀安毫不在意地笑笑说："这些我也不明白，李大人自有想法吧。"

齐泰见薛怀安言语之间的确是没有半分气恼怨言，便也不好再多说什么，只是叹了口气，心想：这么个聪明人，竟是于人情世故上不开窍，真是可惜了。

两人洗干净了尸体，将黄纸蘸好酒醋，清洁尸体的面部、胸胁、两乳、脐腹和两肋之间，再用一条薄被盖上，浇上酒醋，等了一个时辰，便开始验尸。

齐泰打开尸体上的薄被，看着清洁好的尸体，忍不住叹了一句："哎呀，好干净的尸体。"

这话只有薛怀安能明白。原来在洗过酒醋之后，尸身皮肤下很多原本不易看见的压痕创伤都会浮现出来。两人验伤这么多次，大多数在死前有过殴打一类的剧烈身体冲撞，还很少看见除了几道伤口外，没有什么其他伤痕的尸体。

"老齐，开始吧。"薛怀安皱着眉头说，双眼盯着杜小月的尸体，心中解不开的谜团更大了些。

齐泰开始重新细致地检验尸身各处，口眼鼻耳和阴户肛门一一探查并记录过后，已经到了清晨。两人刚用药材去掉了身上的异味，准备喝口茶休息一下，百户所的院门"哐"的一声便被人推开了。

十来个锦衣卫在李抗的带领下鱼贯而入，大剌剌地倒在堂上的官帽椅中。李抗大声吆喝道："兄弟们，再提一会儿精神，我们把那个小子审完了再说。"

随后，一个锦衣卫押着一个头戴方巾、书生打扮的男子走了进来，一把将他推倒在地，呵斥道："跪下，回大人话。"

那人战战兢兢地爬起来，还未开口，李抗就从椅子上跳起来，指着他鼻子大骂道："妈的，你个狗娘养的采花贼，还来假扮读书人，真是狗胆包天。你自己从实招来吧，爷们今天晚上搜了二十多家旅店窑子、饭馆妓院，一夜没睡，各个心情都不好，你要是让我们逼问的话恐怕没有好果子吃。"

那采花贼此时已经吓得面无人色，一连磕了十几个响头，磕磕巴巴地讲了自己如何看上郭员外家的小姐，又如何买迷药想趁夜色迷奸那郭小姐，不想放迷香的时候被她家人发觉，被人追了一条街才逃脱。但后来贼心不死，趁那郭小姐在庙里进香留宿，又去试了一回，这回虽然得手，但此后外面风声紧了，自己就再也没做过。

李抗啪地一拍桌子，怒道："狗屁，非要给你上板子才肯说实话吗？你之后分明还迷奸了石头巷林家的儿媳妇和广宁街棺材铺的老板娘，今儿你还奸杀了一个16岁的小姑娘。"

那人一听，吓得体似筛糠，一下子扑倒在地上，道："大人冤枉啊，那之后我真的再也没做过啦，色心起了就去窑子逛逛。小的只有色胆一颗，杀人的事更是想都不敢想的。"

"还敢嘴硬，拉出去把他关起来，不给水不给饭，看他一天以后还硬不硬。"李抗疲乏难当，懒得再与这人废话，一摆手，先叫人把他拖了下去。

那采花贼高声叫着冤枉被人拖走了，李抗愤愤地说："真是麻烦，要是前明那时候，咱们锦衣卫有动刑的权力，几十板子下去，看他招不招。"

"大人，可能真的不是他。"薛怀安忽然插话进来道。

"怀安,你什么意思?"

薛怀安指了指里间,说:"大人,借一步说话。"

两人步入里间,未等薛怀安开口,李抗先按住他的肩膀,道:"怀安,我一直器重你,不过这次的事情你要谨慎。这个采花大盗的案子太过恶劣,街头巷尾都在议论。咱们月余未破,连泉州府都惊动了,昨个儿才发来询事案牒,不想今儿就变本加厉出了一档子奸杀。没有把握你别瞎说,这人迷奸的事情已经招了,只要再关一关,奸杀的事情也会认下来。采花大盗一案已经拖了月余,这下子一并破掉,我们也好交差了。"

薛怀安正色道:"大人,迷奸与杀人不同罪,这人虽然下流该死,却不该冤死啊。再者说,门房老贾不是还没找到么,他可是很有嫌疑的。"

李抗神色一凛,收回了刚才语重心长的态度,说:"那你怎么认为?"

"大人,杜小月之死绝对不止是奸杀那么简单。"

"为什么这么说?"

"大人,卑职从现场勘察来看,已经可以确定她是先被人从背后重创,然后再拖入树林的。如果那之后她被人奸淫,在下体造成那么大伤害的情况之下,我等今日验尸,竟然没有发觉她身上有其他瘀痕。按理说,那歹徒或手按、或身压,在如此大力的情况下她身上必定会留下些痕迹,特别是当时她应该已经死了,或者是濒死,身上血流不畅,更容易形成瘀痕,怎么会什么也没有留下?"

"也许就是没压没碰,这个也难说。或者凶犯按住她的力度很轻,要知道,那时候杜小月既然是已经死了或者濒死,凶犯不需要用很大的力气压制她。"

"还有一点,这个采花大盗在这月余之间迷奸良家女子三次,手法几乎都是相同的,为何这一次如此不同?若是说先奸后杀那还罢了,我们姑且可以认为他是在奸淫过程中遭到杜小月的反抗,所以下了杀手。可是从杀人现场来看，分明是杀了人之后再去奸淫，这与另外三个迷奸案的犯罪手法大相径庭，很难让人相信是一人所为。”

说到这里，薛怀安突然转而问道：“卑职想请问大人，为何搜查门房老贾竟然抓出这么个家伙来了呢？”

“查问一个妓女的时候，她说她一个客人酒醉后说郭员外家的案子是自己做的，我们按照那妓女说的姓名样貌，在另外一个窑子搜查的时候找到了他。”

薛怀安听到这里，不自觉地摇摇头，道：“既然如此，大约真的不是他。”

李抗沉吟良久才开口问道：“那你怎么解释这件事？”

“卑职以为，有人假造了杜小月被人强奸的假象。正是因为最近采花大盗的事情被人们传得凶，凶手想嫁祸他人。”

李抗绷着面孔仔细想了想，带着疑惑看向薛怀安，问：“杀人要讲动机，不为色欲的话，这个人为何要杀掉杜小月？她一个小姑娘能和别人结下什么仇怨？假设就是现在逃跑的门房老贾所为，你说说他有什么动机？要掩盖他欺负过杜小月的事情？你妹子说了，当时她撞见老贾欺负杜小月，本来是要拉着杜小月去找校长告状的，是杜小月害羞不敢去，死活不让你妹子说出去，老贾有必要对这么个胆小懦弱的女孩子下杀手吗？”

“这卑职就不知道了，可是，卑职愿意立刻去调查此事。”

李抗负手在屋子里来来回回走了几圈，停下来看着薛怀安，好一会儿，像是下了什么重大决心般说：“怀安，采花大盗这个案子上面给了期限，你现在将它搞得如此复杂，要是月底还说不出个所以然来，你可……你可就当不成我的女婿了。”

薛怀安一听，大喜叩谢：“谢李大人，怀安这就着手调查。”

19 袭

薛怀安出得百户所，在晨曦中深深吸了一口气，一夜未睡的疲倦被初夏清凉湿润的空气稍稍驱走几分。

“薛校尉，早啊。”

薛怀安忽听有人叫他，循声看去，但见常樱正站在晨风里，眉眼清扬，衣袂飘飘。

“常百户更早。”他笑着答道。

常樱见眼前这个年轻的锦衣卫一副睡眼蒙胧的样子，脸上挂着梦游般的痴笑，心中忽然生出感慨：明明是这么聪明的一个人，为什么让人觉得如此没心没肺呢？

她咬了咬嘴唇，终于下定决心，放下矜持，道：“我派人在跟踪你，知道你一夜未归，特意在这里等你的。我就是想问你，我的提议，你考虑得如何了？”

薛怀安脸上是木木的神情，似乎是在回想究竟常樱说了什么提议，好一会儿才说：“那个啊，我觉得吧，人还是一步一个脚印比较好，薛某不过是一个小小的缇骑校尉，突然跑去做绿骑总旗恐怕不妥。”

常樱其实也大概料到这样的结果，并不灰心，继续说服道：“薛校尉，这世上并不是每个人都必然一步一个脚印。”

"那倒是，这世上并不是每个人都必然一步一个脚印，比如人鱼和常大人您。"

常樱听了神色一沉，道："薛校尉，你是不是觉得我升职太快，有心调侃？常某升迁全凭本事，问心无愧。"

薛怀安笑着说："常大人误会了，卑职的意思是说常大人您轻功好。"

"你……"常樱脸上微现羞恼的红晕，明知薛怀安在调侃自己，却又无法发作，只得忍下这口气道，"薛怀安，我有意提拔你，你怎么这等没心没肺呢。"

常樱说出这句话来，自己都被自己的语气吓了一跳，那语气并不像个上司在责备下属，倒是有些嗔怪的感觉。她为自己的失态感到有些窘，眼睛下意识地瞥向一边，避过对面那年轻缇骑的直视。幸好薛怀安于这样的事情感应迟钝，完全没有察觉到常樱语气和表情上的问题，揉了揉快要睁不开的双眼，道："不是卑职没心没肺，是真的觉得如今这职位更适合卑职，绿骑那里，卑职擅长的恐怕施展不开。"

薛怀安虽然回绝得干净，可是常樱却是性子固执的人，认准的事情绝不轻易放弃，她一挑眉，反问道："怎么会施展不开呢？我们绿骑又不是光去打架抓人，我们也需要推理判断，细致侦查的时候并不比你们缇骑少。"

薛怀安看着面前执拗的女子，忽然想起同样认准了什么就坚持到底的初荷，心上便硬不起来，叹了口气道："大人，要不容卑职再考虑一下可好？如今手头上一个案子紧，关系着，嗯，关系着……"薛怀安想把这案子与自己的关系说得特别重大，略一沉吟，继续道："关系着卑职的婚姻大事。"

常樱忍不住脱口就问："为什么这么说？"

"因为李大人说，要是卑职办不好这个案子，他女儿就不会许配给卑职。"

常樱听了，冷笑道："原来如此，那么薛校尉就快去办案吧，别误了你的好事。"

薛怀安摆脱掉常樱，在百户所斜对面的早点摊上吃了一碗热呼呼的鸡汤面，原本就困顿的精神因为腹中饱胀而愈发困顿。他强打精神回了百户所去牵马，再次走出百户所的时候正看见初荷站在门口，笑意盈盈地等着他。

"初荷，你怎么来了？"

初荷甜甜笑着，提起手中的食盒摇了摇。

薛怀安有些抱歉地说："送早餐啊。真是不巧，我已经吃过了。要不然，你放在我桌上好不好，我赶着要去清凉山。"

"为什么还要去那里？"

"你们昨天游乐的茶室不是还没有看过么，昨日赶着回来检查，没时间去看。"薛怀安答道。

他故意隐去不说是检查杜小月的尸体，初荷看起来似乎也没多去回想那可怕的一幕，道："那我陪你去吧，有什么事情你可以问我。"

薛怀安想想确实也需要她，便答应下来，扶她上了自己的马，两人共乘一骑往昨日案发的清凉山而去。

清凉山是惠安城边上的小山，惠安城本是一座小城，这山又靠着城，就是从百户所走路过去也费不了许多功夫。依着薛怀安的性子，平日里大多会选择步行。但今日困乏，便骑了马，没多久已到山下。只见因为天色尚早，山中雾气还未散去，山道上影影绰绰有几个锦衣卫的身影在晃悠。

因为昨日的凶杀，锦衣卫封了山，各条山路都用荆棘临时筑起了路障不说，还派了人四处把守巡逻。薛怀安走得近了，看见几个同僚正在撤掉路障，快走几步上前问道："这是要干什么去啊？这边没事儿了？"

“对，昨夜搜了一晚上山，凶器刚刚找到了。”正在撤路障的锦衣卫回答。

“凶器在哪里？是什么？”

“快马给李大人送去了，是一把很锋利的短刀，被歹人逃跑时扔在草丛里了。”

凶器找到了总算是一件好事情，薛怀安心中略觉得一轻，带着初荷举步就要上山。

其他锦衣卫虽然都是李抗的手下，但是平时分布在惠安管区的十里八乡负责治安，与薛怀安并不相熟，见他要上去，其中一个便问：“薛校尉还要去案发现场么？”

“不是，是去茶室再看看，昨晚并没有检查那里。”

“那薛校尉倒是不必去了，昨晚我们轮班在那里睡觉，顺便查过那里，每个仆役先前也都录下口供，实在是没什么好再看的。”

薛怀安“哦哦”应着，却还是自顾自往山上走。那说话的锦衣卫见他如此，低声不屑地说：“怪人一个。”

清凉山不大也不高，没多久薛怀安就到了茶室。一路上只见青石阶已经洗刷去血迹，茶室的仆役犹如没有发生过任何事情一样彬彬有礼地站立门前，清晨淡金色的阳光洒在这山中的幽静院落，世界仿佛又重新恢复到美好的原貌之中。

在这样的时候，薛怀安总会觉得自己是一个如此不受欢迎的人物，强行要扯开这些假象，去询问令人不快的事情。

仆役们的回答和昨日没有什么两样，薛怀安见得不到更多线索，就去看初荷她们昨日聚会的地方。

那是整间茶室最里面的院落，园中花树草木都修剪得很是雅致，初荷站在院子里给他重新回忆了一下当时的情形。

“那天小月看上去挺高兴的，还和大家一同起哄让我们程校长唱段戏来着。大约是在校长正式宣布了停学之后没多久，她就起身悄悄走了。我原本想问她干什么去，可是你知道的，她不懂唇语，我只能写下来再问，太麻烦了，所以也就没问。”

“她出去做什么可以说是这个案子的关键。初荷，你与她走得近，可知道她有可能出去做什么？”

这问题让初荷愣了愣，想了半晌才说：“不知道。”

“那么，她有没有别的什么好朋友可能知道？”

“不知道。”

“初荷，你配合一些。你替杜小月送包裹的那个男子，到现在还没给我讲清楚是怎么回事，你怎么什么都是一问三不知，难道她不是你好朋友吗？你平日里不关心她吗？她郁郁不乐的时候你不问问为什么，满心欢喜的时候也不与你分享？”

薛怀安很少对初荷说重话，脾气更是好得没话说，突然这样提高了声线对她，让初荷不由自主向后退了一步，然后倔强地仰起脸，迎视着他，用手比出“不知道”三个字。

比完这三个字，初荷仍然觉得气不过，急速地变换着手中的动作，快速地发泄出心中的不快。

“薛怀安，我不是无忧无虑同情心泛滥的大小姐，我自己也是别人眼里不会说话的怪物，所以没有能耐去爱护那么多人。不论是杜小月对我，还是我对杜小月，不过是两个怪物相互做个伴，我没有必要去探究她的内心。”

薛怀安从未想到初荷会说出这样的话，脸上带着震惊之色，缓了缓，平复下心情，以克制的语气说：“对不起初荷，我不该让你接触这些事情，你快回家去吧。”

不想初荷更加气恼，道：“我亲眼见过家人被杀死，我知道世界有多冷酷，只有你还一厢情愿地当我是个无知纯洁的小娃娃，回不回家是我的事情，用不着你管。”

“好，那随你。”薛怀安心中惦念案情，无意与初荷争执，强压下心头不快，扔下初荷，扭头往里间的跨院儿走去。

跨院儿里有两间厢房，大的一间安排着茶桌茶椅，小的一间放着些箱柜，薛怀安进了小间，打开箱柜一看，都是些戏装和乐器。

他随手拨了拨一把三弦琴，“铮”的一声，尖锐的琴音跳跃出来，惹得他自己汗毛一炸。

“啊，搞出这么难听的声音，不会遭天谴吧。”他自己调侃自己道。

在说完这句话之后，他只觉得自己的后脑勺被重重一击，随即失去了意识。

20 路

薛怀安醒来的时候，首先映入眼帘的是初荷哭得红红的双眼。他揉了揉眼睛，迷迷糊糊地问："请问这位姑娘，你是谁啊？"

初荷原本还在低低抽泣，刹那之间就愣在那里，连手语都忘记去比划。

"哦，是初荷啊，我认出来了。你眼睛怎么变得像被马蜂蛰了一样，又红又肿，吓我这一跳，以为是山里的女妖怪把我抢去当压寨丈夫了。"

初荷立时明白薛怀安在逗她，扑哧一声破涕为笑，扑上来挥开粉拳乱打一通。

薛怀安忙不迭求饶："饶命，饶命，侠女你这是为民除良啊，百姓会恨你的。"

初荷打痛快了，终于停下手来，原想再生一会儿气，骂薛怀安几句，可是毕竟年幼，绷不住气势，小脸紧了紧，还是忍耐不住笑出来，暂时忘却了刚才的口角。

薛怀安支着身子坐起来，细看眼前的小姑娘。

在他的记忆里，她有两年没有哭过了，至少在他的面前没有哭过。如今她虽然笑闹了一阵，可是因为刚才的哭泣扰乱了呼吸，现在还是间隔不久就要不由自主地抽一口气，小小的身体随之就是一抖，一下一下的，让人想起受了惊吓的幼兽。

薛怀安不禁伸出手，抚上她泪痕未干的脸颊，低低地说："对不起啊，害得一棵树哭了，下次我会小心。"

初荷感觉到怀安的手掌熨贴在自己脸上，温暖的热度有稳定人心的力量。

她吸了吸鼻子，咬住下唇，露出难得一见的怜软神情，双手在身前很缓慢地比出一句话："不要死在我之前，能答应么？"

"能，我发誓。"他说。

薛怀安起身四顾，发觉自己仍然身处那间小厢房，于是一边揉着仍然火辣辣疼的后脑勺一边问初荷："你可看见袭击我的人了？"

"我来的时候你就躺在这里了，没看见谁。"

薛怀安检点一番身上的东西，发觉什么也没有少，再看看屋内各处，除了那个大约是用来砸自己的景泰蓝大花瓶歪倒在地上，也没有什么醒目的变化。

他心中暗自疑惑，一时想不出是谁为了什么偷袭自己，于是又打开装戏服乐器的箱子察看。

他虽然记不清自己最初打开这箱子的时候里面是什么样子，但是却怀疑箱子有被翻动过的迹象，很有可能是有人来找过什么，然后粗粗将叠放好的衣物再放回原处，却因为匆忙没有摆得十分齐整。

然而也只是怀疑罢了，他被击倒前并没有十分留意箱中物件摆放的状态，如今也只好暂时把这疑点记在心上，想着将来再去找程兰芝查问。

"初荷，这房子是干什么的，平时谁在用？"

"换衣服的。程校长喜欢唱两句，这里大约是她的衣服行头什么的。

至于用这屋子的人那就多了，请来的戏子伶人，还有女学的同学们要是演一出折子戏什么的，都会在这里面换衣服。”

“那么，昨天有谁用过这里？”

“昨日的话，只有程校长进来换过戏装吧。”

“她是在杜小月走之前还是走之后进来的？”

“走之后。”

薛怀安神色微动，环顾屋中，对那扇后窗忽然来了兴趣，他走过去推开窗，发现从窗口恰恰可以看见回转而下的青石阶山路，大约只有百步之遥，杜小月遇害的那一处也赫然在目。

他神情顿时一震，问：“你刚才在哪里？”

“在外间的院子生气。”

“没看见有人来？”

“没有。”

“后门，这里一定有一个后门可以出去，要不然袭击我的人不可能无声无息地绕过你。”薛怀安振奋地说。

两人立时开始在屋中仔细寻找暗门，可是细细搜了一遍也未曾发现，又跑到跨院儿里察看，终于在一丛繁茂的木槿花后面看到了一个隐蔽的小门。

“门没有锁，袭击我的人很可能是从这里出去的。”

薛怀安说完，推开门，果然看见一条完全由脚踩实的山间小径。他拉着初荷，快步沿着小径穿过树林往下走，不一会儿功夫，眼前出现一个岔道口，他们选了缓缓斜向上的一条继续走，没多久就看见了青石阶山路。

“看，那里就是杜小月遇害的地点。”薛怀安指着不远处的石阶说。

初荷点点头，却不解地问：“你这是什么意思？”

薛怀安蹙着眉，没有马上回答，反而问：“昨日你们校长换衣服用了多久时间？”

“很快。”

“很快是多快？”

“我又没有西洋怀表，不过也就五分钟上下吧。”

薛怀安掏出怀表来，道：“你等在这里。”

说完，他快步又飞跑回小路，初荷等了好一会儿，只见薛怀安又气喘吁吁地跑回来，弓起瘦长的身子，双手插在腰上，上气不接下气地一阵喘，好不容易等呼吸稳住了，才说：“五、五分钟，我跑一个来回要五分钟。哎呦，不行，岔气了，初荷救命。”

初荷看他样子狼狈，捂着嘴偷笑，话也不说，抢过他手中的怀表，往林子里跑。

不一会儿，她跑了回来，虽然也喘着粗气，可是远没有那么狼狈，将怀表递给薛怀安，有点儿得意地比出“一分半”几个字。

薛怀安知道自己非常不善运动，跑了这五分钟可以要掉自己半条老命。可是初荷却不同，她自从立志要做一棵树以来，每日坚持一种古怪的、据说是她太爷爷教给她的身体修炼法，每天早晨风雨无阻地围着房子跑圈儿。

然而，连初荷也需要用一分半跑一个来回，薛怀安想到这里，觉得谜题又解不开了。

初荷看着他苦思不解的模样，问：“你认为，程校长有可能在换衣服的间隙，沿着小路跑下来杀了小月再跑回去？”

“你看，一个人不会平白无故袭击我，在这个节骨眼儿上，我们可以假定，他袭击我就是为了让我不要发现什么与昨日凶案有关的东西。换一个角度说，就是有什么重要的和凶案有关的东西留在了那里。因为昨日锦衣卫护送众人下山，后来又封了山，所以他没有办法拿走。而你说过，昨日用那屋子的只有你们程校长。”

初荷表示难以置信，摇摇头说：“她跑不了那么快。”

薛怀安常说初荷跑步的时候像个女妖怪，即使大多数男人也跑不过她。路程短的时候还看不大出来，距离一长就格外明显，一分半的时间对于她来说就是在曲折的山道上往返跑了差不多一里来地，也就是一千六七百英尺。换作一般女子，即使体力和耐力俱佳也需要耗时两分钟以上。

“往返两分钟，再加上杀人和拖尸体，没有六、七分钟是不可能办到的。如果考虑到还要换戏服，还需要平复了呼吸去唱戏，没有十五分钟是做不到的。就算你们程校长是武林高手，懂得轻身功夫，能在树梢间飞来纵去，我们折一半时间也是七、八分钟，所以，从时间来看她不会是凶手。”

初荷点点头，她自己也跟着薛怀安学了些武功，知道所谓飞来飞去的轻身功夫只是侠义话本小说里面的夸张，这世上哪怕是顶尖的武林高手，也只能做到腾跃如猿，行走如飞，长途奔袭而气力不衰，若说真的像鸟儿一样在树梢间飞来纵去，那是决计不可能的。

薛怀安想了想，又说：“但是从时间上来看，如果当时后窗开着，程兰芝很有可能看到当时杜小月被害的情形，如若真是如此，她什么也没说就很是可疑了。”

初荷听了微微一惊，问：“有没有可能凶手是一个知道这里有小门的人，所以杀人之后没有溜下山，而是跑上来，然后在那屋子里面藏了什么东西？”

“也有这个可能，不过那就需要解释，为什么凶手不跑下山，而是跑上来。走，我们再回去看看。”

两人重新走回茶室，四处细致勘察一番，却不再有什么新的发现。薛怀安回到放置戏服的小屋，站在后窗眺望山中景色，可以看见青石阶曲折蜿蜒地盘山而下，消失在青山翠岭之间，隔着层层树木，隐约能瞧见半山亭有些褪了色的朱红顶子。

“杜小月去做什么了呢？是下山去么？但也有可能是去什么地点见

什么人，比如，就是去这个半山亭。去见谁呢？那个她托付你递送包袱的男子吗？”薛怀安兀自喃喃地低声说道。

初荷站在薛怀安身后听着他的自言自语，心中害怕自己那日在茶楼的胡说八道将薛怀安引入歧途，赶忙拉了拉他的衣袖，面对回转过头的迷茫眼睛，比出“凶器”两个字。

薛怀安如梦初醒，一拍脑袋，道：“对，应该先回去看看凶器。”

21 钢

初荷知道薛怀安虽然是个公认好说话的人，可是一旦他真的下定了什么决心，却是万难动摇。故而这一路上，她极是乖巧，关于杜小月案子的进展半分也不去打听，一进惠安城中，便和薛怀安分了手，独自往铁匠铺子赶去。

惠安城原本有三家铁匠铺子，到了今年初就只剩下一家。说起来，这虽然只是一时一地不打眼儿的变化，却和这八九十年来三国间的风云变幻有关。

只因当初南北明和满清三国鼎立的格局初定之时，南北明之间大小战事一直不断。南明的兵将历来娇气，在和北明的战事中原本处于劣势，当时的内阁首辅大臣张昭便将南明先进的火炮和火枪等武器提供给凶悍的满人，并辅以大量无偿的经济支持。满人有了和北明抗衡的力量，不断骚扰北明，终于牵制住北明南下统一的步伐。最终，在战乱了十余年后，三国之间形成了看似稳定的制衡局面。

南明一方深知自己的优势和劣势，一力发展钢铁冶炼和制造业。近十年，有实力的钢铁商人已经成功地将铁匠铺子赶出了南明的大城市，而如今，就算在惠安这等的小城，炼铁小作坊也终因无法和从贵阳这样的钢铁重镇运来的量产铁具竞争而关门大吉。而唯一剩下的这一家，则完全是因为老板心思活络：一方面销售贵阳铁器，一方面又按照顾客的特殊要求提供定制铁具。

初荷来到铁匠铺门口的时候，看见五六个工人正在把一个大箱子往铁匠铺子里抬。她站在门口等了等，看里面消停些，才抬步走进去。那个大箱子已经被拆开，里面装的原来是一台崭新的机床。

铁匠铺里原来的机床初荷是见过的，因为不够精细，操作也不灵便，于造枪这样的细致事情上只能帮点儿小忙，但是这一台似乎精巧了很多。

只见一个身穿蓝布衣裤、技工模样的男子正在那里埋头安装着机床，另一个身穿玄色长衫的男子则闲闲地站在一旁，时不时提点两句。

玄衣男子站在阴影里，初荷看不清他的面孔，只有他鼻子上驾着的那副眼镜会随着头部轻微的转动而不时反射一道光过来，让初荷不由挪了两步，以避开那反光。

铁匠铺的曹老板看见初荷来了，热络地迎上来，道："初荷姑娘来了啊，正好，今儿来了很多新东西，跟我过来看看吧。"

初荷点头示好，被曹老板引到一个摆满各种铁条钢条的大铁桌前。曹老板拿起一个约一尺长、两寸宽、半寸来厚的钢条说："初荷姑娘你看，这是贵阳造出来的新钢，合不合你用？"

初荷接过钢条，细看新钢的成色，摸摸敲敲，再用力弯了弯，越看心里越难以平静。

她记得清楚，在太爷爷的《枪器总要》这部书中，提到过中国很早就知道怎样用焦炭提高炉温，同时加入一定比例的其他金属和碳，炼造出比铁更有韧性的钢。但是，这个锻造工艺的材料比例和方法没有被严格记载下来，口头上几经流传，早已走了样。

太爷爷在书中说，如果能在那种传说中的中国古钢基础上加以改进，很快，就可以有符合他武器制造要求的钢材出现。如果真到了那时候，火枪必将退出历史舞台，武器的历史。或者说整个世界的历史也必将翻开新的一页。

然而事情总是说易做难。这几十年,由于被国家煽动起了炼钢的热潮,钢铁商人们一直在想办法制造出更好的钢材来,但是初荷至今还未发现过符合太爷爷描述的钢材,除了今天手中拿着的这一块儿。

曹老板见初荷拿着钢条,眼神却早已不知道飘到了哪里,假咳几声,将她拉回神。

初荷放下钢条,拿出本子和炭笔,写道:“这钢是哪里造的? 真是不错。”

曹老板见初荷识货,顿时来了兴致,道:“据说是请了英国人在贵阳建的新炼钢高炉,铁矿石则是从南美进口的,好不容易才造出来的好东西。本来,这个英国工程师是要在啥苏什么格兰的地方实现他的设计,不想被贵阳顾氏用了重金给请过来。初荷姑娘真是好眼力,这可是真真正正第一批用新高炉造出来的钢条,还没有大量生产呢,据说是还在等配套的轧钢机,那新机器比现在的轧钢机好用很多,要六个壮汉一同使力。等那东西出来了,姑娘再要钢管,就不用那么麻烦了。”

初荷听了,心中更是翻腾。现下手工造的火枪贵,一个重要的原因是轧钢机床压制出来的钢管质量不如手工钻磨出的枪管质量好,但要是新的轧钢机真的在技术上提高了那么多,那么,手工制造很快就没有什么优势了,自己的枪恐怕再也卖不出那样好的价钱了。

“老板,来看看吧,装好了。”

那个蓝衣技工的声音突然插入,初荷不由得被那声音牵引着望过去。

但见曹老板乐颠颠地跑上前,按照那玄衣男子的指点,开始学习怎样操作新的机床,机器在触及铁件的时候,发出刺耳的噪声,霎时吞噬掉世界的其他一切声响。

初荷在一旁看着,发觉这个脚踏和臂摇的两用机床的确改进了不少,切割的时候似乎更省力,打磨时则更精确细致,心底里忽生感慨:

原来，外面的大城市里，制造技术竟然在以如此快的速度突飞猛进，自己是不是也该考虑买一台了呢？

她原本有一台简单的小型脚踏机床，平时收在有暗格机关的箱子里，薛怀安不在家的时候便会拿出来用。因为怕声音吵到邻居，她的房间四壁都贴了夹棉花的墙布，窗户缝隙也贴了棉条，并配上厚帘子。即使这样，仍有好事的邻居问过薛怀安：“你们家装了什么古怪机器吧，怎么听到嗡嗡的声音？”

薛怀安猜到一定是初荷在做什么，答道：“那定是我妹子在做什么玩意儿，那丫头和男孩子喜好差不多，就喜欢做木工和铁匠的活儿。”

他搪塞完邻居，转回头来问初荷，初荷只是笑而不语，过了几天，却拿出一只自己手工制作的铁质小猪，当作礼物送给了他。

薛怀安捧着小猪美得乐翻了天，道：“知吾者初荷也，吾之人生梦想皆与猪同。”

但是，要是买了这样的机床，就不能放在家里了。难不成搬出去住？而且，存的钱似乎也不够。初荷苦恼地想。

“这位姑娘似乎对机器很感兴趣，是吗？”一个温厚的男中音忽然在她的耳边响起。

初荷从思绪中跳出来，见那个玄衣戴眼镜的男子不知何时走到了她的身边。

这是一个很难形容的年轻男人，诸如好看或者不好看这样泛泛的词汇加在他的身上似乎都不合适。初荷习惯凭直觉看人，但他的整个人仿佛那双被黑色框架玻璃镜片遮挡住的眼睛一样，明明看得清楚，却总是感觉到有什么密密实实地被隐藏了，以至于初荷的直觉完全不能发挥作用。

初荷原本就不喜与陌生人谈话，在这样的情形下更是不想搭理这个男子，便只是和气地点头笑笑，便低下头，佯装继续去看手中的钢条。

不想那男人却凑近了一步。他身形颇高,一下子挡住了初荷,将她陷入他的阴影里。

她听见他说:“但凡新的材料产生,总会带来新的产品。比如,这新型钢要是造出了新的钢管,也许就会有新的枪炮,姑娘这么觉得吗?”

初荷诧异于一个陌生男子突然对她讲了这些,防备地抬眼看向他。

玄衣男子面带和气的笑容,依旧以温和的口气说:“敝姓‘祁’,单名一个‘天’,机械工程师。”

22 线

即使南明风气开放，初荷也觉得自己不应该在这样的场合和陌生人搭话。她一个姑娘家来到铁匠铺就已经很是古怪了，还是少招惹是非为妙。

心中打定主意，她礼貌性地在脸上浮了朵微笑，也不搭理那叫祁天的机械工程师，转身就要离开。恰在此时，曹老板试好了他的新机床，冲初荷叫道："夏姑娘慢走。"

曹老板将沾了机油的手在衣服上擦了两下，紧赶几步走上前问："夏姑娘，你订的贵阳铁最近没有货，我说你看这新钢合用不？合用的话，我干脆给你订这个好了。"

初荷刚想掏本子写句话回答，却发现祁天正看着自己，她心里觉得不自在，本子掏了一半就又搁回去，摇摇头抬脚出了铁匠铺。

不想祁天竟然跟了出来，在她身后唤道："姑娘请留步，在下有个事情想向姑娘打听。"

初荷转回身望着祁天，眼里满是戒备，眉头低低压下去，做出一副不要招惹我的凶恶表情。然而她毕竟只是豆蔻少女，眉目又生得惹人怜爱，即使这样凶着脸，也叫人怕不起来，倒像是刚懂得挥爪呲牙去吓人的小猫，只让人看着觉得有趣。

祁天又往前走了几步。他的面孔在晌午明亮的日头下变得清晰异常，初荷这才发觉这人原来长得棱角分明，幸而鼻子上架了一副眼镜，脸上又总挂着笑意，这才缓和了相貌的犀利之感。

“姑娘可知道这惠安城中哪里有人造一种很精致的火枪，枪上刻着一个菱形中间有折线的银色标记？”祁天客气地问道。

初荷心上打了个突，暗想这人如此问自己，定然不是临时起意，抓了个路遇的小姑娘随便问这样不着边际的问题，再一想这人的姓氏，不知道是“祁”还是“齐”，如若是“祁”的话，难不成和订购火枪的“祁家”有关？

一想到这一层，初荷刹那间觉得呼吸一窒，眼睛一眨不眨地盯住祁天的脸，盯得心里生出一丝痛来。

终于引起祁家人的注意了吗？她在心底有些不敢相信地问自己，双手不由自主握成了拳头，仿佛握住了自己家族那断掉的隐秘历史。

祁天看着眼前少女握拳警戒的样子，心中只觉得好笑。这少女刚进铁匠铺的时候他并未在意，但是曹老板跟她说的几句话却让他上了心，想到每次来此地取货的柳十八说过，送货的是个十三四岁、样貌清秀的少女，倒是与这丫头有几分吻合。他原本心中也没底，只是试探着问上两句，不想这丫头如此容易看破，一两句话就把她问得如一只紧张的小刺猬，蜷成一团，露出一身尖刺。这下倒好，十成十就是她了。

祁天见眼前少女的模样似乎怕得紧，不知怎的心头一软，不再逗她，往前又走了几步，靠近她低声说：“小姑娘，我知道枪是你家里人造的，我就是你们一直以来的买主。这次我来惠安，就是为了见你家人。”

初荷此刻脑袋发紧，顿了片刻才明白过来这人话中的全部意味，然而想明白了，心中就更是慌乱。

她低下头，缓缓去掏本子，借此耽搁一下回答的时间。终于，在打开册页的一瞬间，做出决定，在本子上写道：“你姓祁？是祁家人？怎么又是机械工程师？”

祁天刚才见初荷曾经用过本子与曹老板对话，大约也猜到她不能言语，并未有太多惊奇，点头道：“在下的确是祁家人，否则怎么能知道你那里造枪的事情？至于工程师，在下的确也是工程师，这机床和军火一样，都是祁家生意的一部分，我只是恰巧知道有一台机床要送到惠安，而我也打算来惠安，就一同来了。”

“你要见我家公子做什么？”

祁天见到“公子”两个字，心下微微有些吃惊。若是造枪者被称作“公子”，那大约就是和自己一般岁数的年轻人。想起那精雕细琢、一寸一寸打磨出的火枪，不禁神往在如今这世道，还能有如此心性的年轻人会是一幅什么模样。

“姑娘刚刚也看见了，如今新的钢材面市，在下觉得这新材料或许能让枪械一门有所突破。而祁某一直仰慕贵府公子的造枪术，故此想与公子谈谈，不知可否转达？”

“几时？如何找你？”

“今日任何时候，在下会一直在和泰客栈恭候你家公子大驾光临。”

初荷听完祁天最后一句话，收了本子急急转身就走，一口气走出半条街，回头看看祁天没有跟来，心里才舒了口气。

她方才不敢多说半句，或者露出任何表情，生怕说多做多错也多。就是现在，回想起当时情境，心中仍觉得有些恍惚和不真实，仿佛是一直在等待的某件礼物，原以为也许再也等不来了，那东西却忽地从天而降，正正砸在你脑袋顶，砸得你眼冒金星不说，还心中忐忑不安，怀疑自己是不是该有这么好的运气。

记不得有多少次，她在夜里用镶着金刚石的刻刀在坚硬的枪身上雕刻着弯曲的花纹，不知不觉，后脖子硬了，抬眼看看窗外。冷月过中天，无情地提醒她，又是一段韶华流逝在这刻刻磨磨之间。

那时她总会心里空得发慌，似乎觉得这么做下去也是白费力气，就算是造出再好的火枪来，也不会引出什么更有价值的结果，自己不过是每次见到一个叫柳十八的年轻男子，一手交钱一手交货，然后各奔东西。

也许有一天，柳十八升职了，那么大约会随便换个叫李十九或者王

織

十七的什么人来接替他，但他们一定都是很年轻的，只有职位低的年轻人才会被派来做这样的琐事。那些年轻的面孔不断替换着，永远不会衰竭；唯有她，一天天老去，最后老到身体孱弱，手指颤抖，再不能造枪，也无法探知祁家究竟在哪里。

这是她心里的噩梦。

只是越害怕便只能越坚持，这是她手中唯一连接家族过往那段隐秘历史的线索，若是断了，她便一无所有。

这天初荷回到家已经过了午饭时间，本杰明蔫蔫地趴在饭桌上，有气无力地对她说："初荷，你答应回来做饭给我吃的。"

初荷笑笑没说话，钻进厨房忙活起来。没一会儿功夫，一盘腊肉炒萝卜，外加五张金黄的鸡蛋饼就送到了本杰明面前。

本杰明饿坏了，甩开腮帮子大快朵颐，等到差不多吃完，才想起问一直在旁边笑看自己的少女："初荷，你不吃饭吗？看着我做什么？"

初荷把本子往前一递，只见上面写着："还说是我的骑士和跟班呢，现在变成我是你丫鬟了。"

本杰明不好意思地笑笑，把剩下的小半碟腊肉萝卜和最后一张鸡蛋饼推给初荷，道："我不会这些嘛，骑士的工作是给你挡刀挡枪，保护你，不让你受欺负。跟班的工作是给你跑腿打杂，解决麻烦，这两样可都不涉及做饭，是吧。"

"我倒真是有麻烦了呢，你能帮我见一个生意上的朋友么？"初荷写道。

本杰明看了一眼本子，想也没想就拍拍胸脯说："没问题，这种事你的骑士兼跟班保证替你解决。"

初荷满意地笑，心想这样的事情，本杰明真是再适合不过了，表面看上去聪敏机灵，偶尔说些傻话也只会让不知道的人以为是大智若愚，真的是天上掉下来的"我家公子"啊。

23 艾

凶器是一把全长六寸、刃长四寸的锋利短刀，做工精致简约，很像是旅人们在路途上喜欢随身携带以便防卫以及切割食物用的短刀。

“太普通了，虽然是把好刀，可是没有任何特点。”李抗看着这把被认定为凶器的短刀说。

“一个人选择杀人武器总是有原因的，比如顺手，比如锋利，比如容易携带，当然也可能是恰巧拿到的。这把刀最大的好处，是容易携带和隐藏，所以，如果这是有预谋的谋杀，这个凶手很可能是平时不允许佩剑或者不便佩剑的人。”薛怀安分析道。

依照南明律，除去贵族和文武官员以外，其他人都不得佩剑。可是所谓的贵族可以上溯五代，故此实际上佩剑的人中不乏身份普通的平民，特别是书生和喜好侠气之人，更是喜欢佩剑而行。

李抗听薛怀安这么一说，很自然地反应道：“那凶手就是个粗人了？”

“还可能是个女人。”

薛怀安说完，又觉得不对，补充道：“又或者是为了趁死者不备，骤然出手，才使用这样易于隐藏的凶器，若是如此推断，也可能是杜小月认识的，但并不会防备的人。”

李抗听到此处，苦着脸说：“我说怀安啊，你这样一说，几乎就是差不多啥样的人都可能是凶手了。”

“大约就是如此。”薛怀安说完，憨憨笑了，觉得有点儿不好意思，明白自己又把看似简单的事情搞得复杂无比。

“着实是不招人喜欢的个性啊。怀安，你这样的男人，真是很难有女人会喜欢呢。但是你不要以为这样我就会心软，一定要把女儿嫁给你，我女儿可是堪比明珠呢。”李抗在句尾使劲儿加重了语气。

“嗯，卑职以为，李大人自谦了，令爱不是堪比，是绝对比得过明珠。”

李抗呵呵笑了，按捺住得意，道：“这怎么讲话的，怀安你谬赞了。”

“并非谬赞，令爱要是和明珠比，的确大很多。”

对话刚有些跑题和冷场，仵作齐泰恰逢其时地站在敞开的门外，敲了敲门板，咳了一声，道：“禀告大人，杜小月家里人来领尸首了。”

按照南明的习惯，锦衣卫在未得到死者家人的同意前，不得对尸体做任何解剖，扣押尸体的时间也不能太长。李抗一听杜小月的家人来领尸首，征询地望向薛怀安，问道：“怎么样，要给吗？”

薛怀安看看短刀，略想片刻，说：“再给我一点儿时间，我还想看看去。”

齐泰陪着薛怀安重回停尸房，见薛怀安拿着短刀在比对伤口，忍不住说：“校尉大人，这个卑职查验过了，应该就是这刀留下的伤口。”

薛怀安点点头，却没有停下来的意思，示意齐泰把尸体翻个身。齐泰遵命照办，将尸体背朝上翻过来，露出背后的伤处。

薛怀安将刀子虚架在伤口上比了比，问：“这里的伤你怎么看的？”

齐泰不敢随便回答，反问道：“大人觉得这一刀有什么不对吗？”

薛怀安没有应，把短刀重新插回杜小月背部的伤口处。这道伤很深，裂开的皮肉一下子就将刀刃吞没，只露出两寸许的刀柄。

“如果扎了这么深一刀，又在后心的位置上，若是你去杀人，还会继续用刀子在同一个位置再补上几刀吗？”薛怀安问道。

“自然不会了，这样一刀几乎就毙命了。”

“可是你看，这道伤口皮开肉绽的样子，显然不是只刺了一刀，而是刺入这刀以后，拔出来再刺，大约这样反复了至少三刀。”

“是，这伤口表面破碎得厉害，的确是有两三刀重复刺入造成的。这么说，下手的人可能除了想杀人，还有泄愤的意思，要不然何必这么做？”

“可是，她一个小姑娘，做了什么这么招人恨呢？”薛怀安自问一句，有些伤感地叹了口气，将一旁盖尸的麻布单子给杜小月盖上，道：“叫她家人来领吧。事先打个招呼，说伤得有些重，让他们有个准备。”

薛怀安出了停尸房，被初夏白花花的日头一晒，这才觉得真是有些疲累了。李抗正好走过来，同样的一脸疲态，见了薛怀安，嘟囔着抱怨：“那个门房老贾还是没找到，就为他，一众兄弟熬了通宵，现在还歇不了，真是快要给熬死了。”

薛怀安觉得身为下属，在这样身心俱疲的艰难时刻应该安慰一下上司，便道：“不过说起来，人总是要死的，不管熬还是不熬通宵。”

李抗闻言，颇有醍醐灌顶之感，若有所悟地感叹道：“说得不错，很深奥，很有哲理。”

这时候，从停尸房的院子里传来一个女人尖利的叫喊：“你们这些狗官，好好的大姑娘，你们给她扒光了衣服也就算了，现在还不给她穿上去！想让老娘给她穿，没门儿。我告诉你们，你们谁给她脱的谁给她穿上，干了这么缺德的事情，当心断子绝孙！”

接着便是齐泰横着嗓子吼道：“你咒谁呢你？谁家领尸首不是自带衣物的。你妹子的衣物都破成那样，什么地方都遮不住，你还好意思给她穿啊。你有本事，就这么让她光着，让那几个抬尸的大男人给你一路抬回家去。我告诉你，你别在这里泼妇骂街，没人吃你这套！”

话落，齐泰气哼哼地从里院大步走了出来，脸上怒意未消，抬眼看见李抗，便道："真他娘的是个刻薄女人，来收尸连个新衫子都不给她小姑子带。"

李抗微微蹙眉，问："来人是杜小月的嫂子杜氏？"

"可不是么，就是那个艾家豆腐房的二女儿艾红，自小就是泼辣货，不想嫁了人更是肆无忌惮。她不怕出丑就让她这么抬出去！妈的，老子还一夜没睡呢，没工夫陪她玩儿。"

薛怀安听了，抬腿就要往停尸房的院子里迈，李抗一把拦住他，劝道："怀安，我知道你有侠义之心，可是如今这世道，'侠义'和'傻瓜'是差不多意思。我们往她家通知过情形，这女子却连一件衫子都不带来，分明是来找茬儿的。这样的人你不要理会，她要抬人就这么抬，丢的是她杜家的脸。你放心，她闹一会儿看无人理她，就会回家取衣服的。"

"那要是她不管不顾，真就这么抬出去怎么办？就算有一张盖尸的麻布，毕竟抬尸的还是四个大男人呢。杜小月死得可怜，如此就更不得安息了。"

薛怀安说着绕过李抗步入院内，正看见艾红领着四个抬尸的男人从另一个门进来，竟然真是要不管不顾了。他忙走上前，道："杜家娘子且慢，还是回去先给小月取一套衫子来吧。如果你不愿意给她穿上，我来给她穿亦可。"

艾红瞟了一眼薛怀安，看官服比刚才那人似乎高了几等，便道："我家小月光天化日之下被人害死，都是由于你们治安不力，这体恤银子，官府总要给些吧。"

"杜姑娘又不是在衙门做事，我们怎么会给体恤银子？"

"哼，我家没有她的衣服，这丫头一直野在外面，我早把她东西扔掉了。"

薛怀安见艾红不讲道理，便道："那你稍等，我去外面买一件来。"

没多久，薛怀安买了崭新的衫子回来，又亲自给杜小月换好，见艾红没话说了，这才指挥众人把尸首抬走。

他看着那一众人远去的背影，心中感叹人情的凉薄。艾红的身影在一队人的左侧晃动着，晃得他心中一个激灵——杜小月留下的记号“i”，可以肯定不是代表它的英文意思“我”，因为她用了小写，而且是描了又描、很清晰的小写，仿佛生怕别人误认为是大写一般。所以很可能是取其发音，比如杀死她的人姓“艾”，很可能是她没有力气写完一个汉字，就用了一个简单的符号来替代。

24 兄

薛怀安原想立时就追上去扣住杜氏问案，转念一想，还是先回了百户所，找到趴在桌子上打瞌睡的齐泰，问道："老齐，那杜氏你认得吧，她是怎样一个人，家中什么情况？"

齐泰抹了一把睡皱的脸，声音混沌："也算是老邻居吧，不过我们差着年纪，所以从来没说过话啥的。她家里开豆腐房，头上三个哥哥都不是啥好东西。大前年你们还没来的时候，她大哥和人家打架给打死了；还有一个姐姐，听说嫁得挺远。至于她，她爹娘忙着赚钱，没工夫管教她，平日里被那几个兄弟带着，能成什么样子？打小就是不讲理的泼辣货，谁娶了谁倒霉。不过听说她也没嫁好，夫君常年有病，原本就算有些家底，也经不起这久病的花销吧。"

"我也听初荷说过，杜小月的兄嫂对她很是刻薄，但是杀人的话，能有什么理由？"

齐泰一听薛怀安这么说，立马摆摆手，道："不大可能是艾红，说起来我也算是看着她长大的。她性子不好是真，若说杀人，恐怕还没那个胆量。"

薛怀安蹲坐在齐泰对面的椅子上，苦恼地骚着头，道："胆量这东西可不好说，兔子急了还咬人呢。"

齐泰看看薛怀安，略作犹豫，然后郑重地开口道："校尉大人，有句话卑职不知当讲不当讲，讲得不对，大人别介意。"

"请讲无妨。"

"大人以后不要在人前这么蹲坐，实在是、实在是像只猴子。"

"猴子呢？"

"是的，猴子。"

"那也是很英俊的猴子吧？"

"从猴子的角度看，也许是。"

薛怀安在被齐泰打击过之后，晃晃悠悠地走到了杜小月家，一路上因为走得慢，倒是把脑海中繁乱的线索梳理得清晰不少。

他站在杜家的院门口敲了几下门，不一会儿，一个粗使婆子开了门，问明来意，引着他进了正屋。

艾红见到薛怀安，脸上现出不耐烦的神色，阴阳怪气地说："官府是不是觉得过意不去，给我家发体恤银子来了？"

薛怀安倒不气恼，笑答："如果杜姑娘是公家的人，死了自然有体恤银子；她要想做公家人也不难，先把她的财产充了公，定然会发给你们这些在世的亲人体恤银子。"

艾红听了脸色大变，双手一叉腰，怒道："她有什么家产？她这些年吃我的喝我的，她爹留给她的银子早就花完了，都是我在倒贴她。"

"死婆娘，你休要胡说！"一个病弱的声音突然在艾红身后吼道。

薛怀安闻声望去，只见一个面色焦黄、体态羸弱的男子从后屋走了出来，大概就是杜小月那个长期患病的哥哥杜星。

杜星勉强站立着，向薛怀安微施一礼，道："在下是杜小月的哥哥杜星，敢问这位官爷尊姓大名？"

薛怀安还礼道："不敢当。在下薛怀安，南镇抚司福建省泉州府千户所下辖惠安百户所李抗李百户所属锦衣卫校尉。"

杜星有心悸的毛病，薛怀安这悠长的自我介绍等得他差点儿心脏停搏，禁不住长吁一口气，抚了抚胸口，好不容易把重点落在了“薛怀安”三个字上，若有所悟，说：“薛校尉莫不是夏姑娘的表兄？”

“在下正是。”

“常听小月提起两位，说你们对小月多有照顾，在下感激不尽。”

艾红一听是那个夏初荷的家人，冷冷哼了一声，道：“怪不得上来就什么家产长家产短的，怎么，也想来分银子啊？我看小月八成就是你们害死的。”

杜星听了一皱眉，略有歉意地看向薛怀安，说：“自从我爹娘去世后，按照遗嘱，他们留给小月的财产是由我这个哥哥代管。虽然内子是个刻薄人，可是该给的钱还是给的，念书的花费的确一两没少出过。不知道薛校尉在这种时候来打听这件事情，是什么意思？”

薛怀安关于杜小月有财产的话，原本是玩笑式的试探，不想这二人如此反应，扫了夫妇俩一眼，正色道：“那我就直说了吧。我的确怀疑你们有为了侵吞财产杀人的动机，不知道二位可否讲讲你们昨日午时以后都在什么地方？做过些什么？有什么人证？”

“在下一直卧病在床，中途有郎中来探过病，内子一直陪伴在侧。要说证人，便只有郎中和家仆了。”

“那么，你觉得杜小月最近有什么不对头的地方吗？结交了什么朋友，或者男人？”薛怀安又问。

这话一出，杜星立时变了脸色，几次动了动唇却没有张开，似乎是在压抑怒气。良久，他终于艰难地开口道：“这孩子喜欢钻研学问，而且还多是女孩子不喜好的学问。很多人说她古怪，向来朋友少，至于异性朋友，据我所知更是一个也没有。要说常往来的朋友，除了令妹就再无他人。若是认识了什么男人，去问令妹是否介绍过什么人给她或许更加直接。”

薛怀安对这种指桑骂槐的复杂表达方式向来反应迟钝，丝毫不以为意地正色答道："多谢提醒，回去我自然要问。不过，如果你真的对小月心存血肉之情，有什么对我们查案有帮助的事情还请直言相告。天网恢恢疏而不漏，很多事情想掩盖是掩盖不了的。"

大约是说话伤了神，又或者是杜星见自己上一句话对薛怀安的打击力居然为零，有点儿不知该如何转圜，只好疲乏地闭上眼睛，似乎是沉思着什么，好一会儿才无力地开口道："我是她亲哥哥，若是真有什么能对案子有帮助的，我一定会说。薛校尉要是不相信我们夫妇，就去查问该查问的人吧。"

薛怀安见暂时也问不出其他什么别情，便点了杜家所有仆人一一问话。杜家早已败落，除了一个粗使婆子，只有一个和初荷年纪差不多大的小丫环，两人的回答几乎和杜星所说一模一样，看不出任何纰漏。

他本想再去找给杜星看病的大夫查问，却正好赶上大夫下午上门看诊，待最终追去患者家中查问了一番，所言也是和其他人无二。

眼看天色渐晚，薛怀安只好辞了大夫出门，抬眼看看压在西边天际的绚烂晚霞，长久未睡的眼睛被炫得眯成了一条缝。

"长期医病的大夫，自家的仆人，这些都是很容易串供的人。迫于金钱、迫于性命，这些都容易让一个人丧失诚实。这家人，会不会隐藏了些什么？"年轻的锦衣卫自言自语地说，拖着被夕阳拉得极长的影子，消失在小城黄昏的幽长巷道尽头。

25 会

祁天没有想到，他会等到这样一位公子。

弱冠年纪，少年与青年的交界边缘，即使看一看也能感觉到勃勃的青春。

相貌俊美，但因为正处在奇异的成长阶段，使得这样的容颜有一种模糊不分明的特质，让人无法判断那些被上天眷顾所生的轮廓线会怎样成熟起来，而最终将一个青涩少年变成真正的男人。

就是这样一个人吗？造了那样精巧的火枪？

祁天有些不能相信。

他一直坚信，这世界上有少数人是可以凭借直觉去了解别人的，他就是其中一个。这是一种接近动物的本能，在很多时候，能让他在深思熟虑之前就知道如何趋利避害。所以，在他第一次看到银记火枪的时候，手指触到那被打磨得异常光滑的枪体，划过那些复杂弯曲的弧形装饰雕刻线，他就已经可以凭直觉去勾勒那造枪者的模样。

那应该是一个很安静的人，全部的热情和创造力都隐藏在身体的深处，形成唯有他自己才知道的秘密之泉，只有他的指端会泄露这秘密，将这些热情和创造力透过金刚石、刻刀和砂纸，留在一支火枪坚硬的躯壳上。

但眼前之人，太过明朗生动，血脉里跃动的生命力像阳光一样，挡也挡不住。

祁天隐在镜片后的狭长双眼轻轻眯了起来，似乎是想要遮挡住眼前少年的明亮光芒，好看清楚在那明亮之后究竟隐藏了什么。

少年的身后半藏着一个少女，半大孩子的脸庞，眼睛清澈单纯，略略带着一点儿不安，纤弱而无害，几乎可以被忽略。

"尊驾就是银记枪的制造者吗？在下祁天，在祁家行三。"祁天按下心中疑虑，拱了拱手，说道。

本杰明扯开一个灿烂的笑容，上前一步，伸出手，以生硬的腔调说："你好，我是本杰明·朱，很高兴见到你。"

祁天愣了愣，讶异于眼前之人的西式礼节和名字。他自己在少年时代也曾在法国和英国游学两年，对于西人的握手礼并不觉得别扭，只是全无预料之下，突然遇上这样的事情，机变如他，也需要一瞬的适应时间。

他伸出右手，礼貌地和本杰明握了握，随后手上微微一僵，顿了一刹，缓缓松开，说："Glad to meet you(很高兴见到你)."

本杰明眼里露出惊喜之色："Glad to meet you too. I heard that you do like my gun(我也很高兴见到你。我听说你很喜欢我的枪。)."

那是很纯正的牛津口音，俨然是生于斯长于斯的少年。

祁天不由得稍稍放下些心头疑惑，心想：也许，这样身世的人不能以常情来判断吧。他的脸上浮出友善的笑容，说："Yes,they are marvelous. If my English was not so rusty,I would give them more praise(是的，它们太精美了。如果不是我的英语太糟糕，我会给它们更多的赞美。)."

本杰明眨眨眼，显得异常机灵，重新操回汉语，以他的西洋腔调说："那我们还是讲汉语吧。我汉语不错的，至少应该比你的英文强，我可以找到 10 种不同的词来赞美你。当然，你要是想赞美我，用汉语我也是完全能懂的，你可以尽情地赞美我，没关系，我不是一个容易骄傲的人。”

祁天在确认自己完全正确理解了这堆奇怪腔调的汉语之后，只能感叹自己一定是遇到传说中的科学怪人了吧：就是那种头脑因为在某方面特别发达，所以在其他方面产生异常的特殊人种。

他看了看本杰明身后的初荷，道：“自然是要赞美的。不过，在下还有要事想和朱公子单独商谈，我房中备了些酒菜，不如我们一边饮酒一边说，如何？”

“祁公子的意思，是不让初荷进去是吗？那可不成。”本杰明很直白地拒绝。

祁天忍不住轻轻压了下眉头，随即反问：“这位初荷姑娘，是朱公子可以完全信赖的人，是吗？”

“是的，她是我的左胳膊右腿，我什么都不瞒着她。”

祁天轻笑一声，道：“我听说交易的时候你都是让这位姑娘去的，你这样躲在她后面是害怕吧，就像小鸡要躲在老母鸡身后那样。如果就这么大的胆子，那么还是算了，奉劝公子不要再碰军火生意了。”

本杰明长于街头和孤儿院，最是受不住别人说他没有胆色，脑子一热，忘了初荷的交代，大声说：“谁怕了！那样的小事我懒得去管，这才交给初荷的。你说这么多不就是叫我单独和你进去吗？进就进，不过，反正我会把我们说的回去都告诉初荷，我什么也不瞒她。”

“既然这样，那公子请进。我和公子商谈之后，公子要是觉得想和这位姑娘说，就由你说去，在下没权过问。”祁天说完，微微一笑，做了一个请进的手势。

初荷一看，本杰明中了对方的激将法，完全忘记自己嘱托他切勿分开之事，心中万分焦急。无奈此时她什么也不能做，眼睁睁地看着本杰明跟随祁天步入客栈房间，一道乌木门板轻轻一合，将她和他们隔绝开来。

她的心一下子被悬在半空，一半是希翼，一半是担忧。

时间一分一秒地过去，屋里没有任何动静，她猜到里面应该是有个套间，两人一定是在那更隐秘的里间商谈。

他们在谈什么？

本杰明会不会露出马脚？

我的底细会不会被拆穿？

这些担忧不绝盘旋在她的脑海，她开始后悔当初为什么没有直接说，枪就是自己造的。

是因为害怕吧？

是的，是害怕，是胆怯。

就算是以为自己已经做好准备，在最后一刻，她还是害怕了。

在面对未知的命运时，她本能地退缩了一步，让本杰明挡在了她的身前。

那扇紧闭的乌木门忽然明晃晃，照得人眼晕，宛如一面镜子一样，照出了她的胆怯，彻头彻尾，不容逃避。

不知道过了多久，门轻轻被推开，她落在门上的影子轰然破碎，里面现出一张灿烂的笑脸。

"初荷，等急了吧。"本杰明笑着说，"我们可以回家啦。"

"那，朱公子，恕不远送。"祁天在本杰明身后施礼道。

"祁公子客气了，后面的事情我们书信联系。"本杰明说完还了礼，一拉初荷的衣袖，牵着她走出客栈。

两人站在黄昏喧哗的大街上，本杰明得意地看着人来人往的街市，道："初荷，我刚刚帮你谈成了大生意呢。"

"什么生意？"初荷写道。

"那个祁公子啊，想找我一起研究新一代的枪械，我已经答应了。

只要我们有需要的话，他会出钱出人又出力的。我先要了一千两定金，怎么样，够厉害吧？”本杰明说完，拿出一张银票在初荷面前挥了挥。

初荷有些不相信，那个祁天看上去是如此精明的人物，小笨真能在他面前过关吗？

本杰明看见初荷脸上质疑的神色，笑道：“怎么，钱太多不敢相信了是吧？呵呵，我也是呢，早知道这么容易就答应，再多要一点儿才对。一千两的话，要把银币垒到房顶上了吧，哈哈，哈哈……”

本杰明忍不住哈哈大笑起来，仿佛看见白花花的南明官制银币像雨点儿一样从天上噼里啪啦地掉下来。

初荷到底年幼，不及深想，轻易地被本杰明的愉悦感染，捂着嘴也笑了起来。

南方夏季的热风迎面拂过，吹在少年男女们的身上，衣带轻飘，发丝飞扬。谁也没有察觉，在这个夏日的傍晚，火枪时代的大幕开始徐徐落下。

26 秘

初荷和本杰明回到家的时候，薛怀安前脚才跨进家门儿。

他看见这对推门而入的少年男女脸上都挂着笑意，似乎刚刚经历了什么有趣的事情。金色的夕阳披在两人身上，竟夺不去这样年轻生命的半分光华，直叫人感叹，好一双与日月同辉的璧人。

他不知道为何叹了口气，很轻，带着疲惫。

忽然就觉得疲惫，看见这样的青春，只觉得自己老，24 岁，很老了吧。

但是薛怀安从来不是一个会长吁短叹的人，在下一刻，他已经瘫倒在院中青竹躺椅上，耍赖地喊："又饿又累没人管，人生之痛苦莫过于此。"

初荷笑着瞅他一眼，挽起袖子转身向厨房走去，快到门口时，回身递了一个眼色给本杰明。

本杰明会意，进屋搬个小竹墩，往那个在半死不活藤萝下乘凉的半死不活人身边一放，一屁股坐下，笑嘻嘻地问："壮，今天很辛苦吧？"

"是啊，要是再这样熬下去，哪里还有资本叫'壮'。"

"没关系，本来你也没有那资本。上帝说，人不该贪图他没有的东西。"本杰明满怀诚意地安慰道。

“笨，你确定这是上帝说的？”

本杰明无辜地一摊手，道：“哦，壮，这要问了上帝才知道。”

薛怀安忍不住笑起来，伸手摸摸本杰明的脑袋，说：“笨，你要是能再聪明一些，倒真是像牛顿教授。”

本杰明挑眉反问：“牛顿教授很聪明吗？我怎么没有觉得？他经常会忘记把东西到底藏在哪个袜子里。”

这让薛怀安想起自己在牛顿教授身边时的趣事，笑意更深，道：“是啊，的确是这样，但也的确很聪明。”

“我说壮，初荷说你很了不起，破了很多案子，给我讲讲吧。”本杰明一脸崇拜地说。

薛怀安见离吃饭还有一会儿，想了想，挑一个有趣的盗窃案讲了，不想历来手脚麻利的初荷，这饭还是没有做好。本杰明却听上了瘾，扯住他又问东问西，朝西首的小厢房一指，道：“听说原来住那里的女孩子昨天死了，真的吗？初荷说今儿要打扫出来给我住呢。壮，这个案子也是你负责的吧，给我也讲讲。”

薛怀安顾忌着初荷，不想多讲，不料美少年扒着他的手，露出央求的神色，可怜兮兮的。他心上一软，就压低声音简单说了几句，最后还不忘认真嘱咐道：“这个案子你别对初荷说，她心思重，我怕她想多了难过。”

本杰明倒是心思不重的人，丝毫不懂得掩饰，一看任务完成，敷衍地点点头，伸了个懒腰站起来，冲厨房大叫道：“初荷，我们要吃饭。”

晚饭过后，初荷站在杜小月住过的房间，好一阵发呆，不知道该从哪里入手去收拾才好。屋子里的东西并不多，除了柜子里几件简单的衣物和日常用具，便只有小桌上一摞一摞厚厚的书籍了。

此刻初荷还是无法相信，昨天清晨有个女孩从这里走出去，然后，便彻底消失在这个世界上，只留下这样一些琐碎冰冷的物件。

就像是一场梦一样。

屋子两天没有打扫，桌面上落了一层极薄的灰尘，她伸出手，无意识地在灰尘上写下一个"i"字。

本杰明说，这是杜小月在死前留下的记号，薛怀安到现在还未解开其中的含义。

"i"，初荷做出这个发音的口型，无声无息地，将这个字母在心底里默念了一次。

小月留下的记号一定是小写字母"i"么？会不会是什么没有写完的汉字开头一笔？初荷这样想着，可是很快又否定了这个想法。

本杰明说，薛怀安可以肯定那是用很认真的笔画写出的小写"i"。想到那时候杜小月受了重伤，几乎可以肯定她是用了最大的努力，以易于辨别的字迹写下这个字母，仿佛生怕看到的人会误认成别的什么一样。

那么，她写下这个字母是希望谁会看到呢？为什么她会认为看到这个字母的那人会理解这个字母的含义？又是为什么她会认为那个人一定会看到这个字母？初荷在心中问着。

是，我吗？

这念头在她心中闪过的时候，她忽然觉得精神一振，想：为什么不可能是我呢？如果小月认为我是她的好朋友，发现她很久不回去必定会出来找她，因此她才推测，我可能是最先看见她尸体的人。又如果她认为我作为她的好朋友，一定会帮助怀安捉拿凶手，为什么不留下什么只有我能明白的线索呢？

可是，什么是只有我与她才会明白的线索呢？

只有我与她才会想到的"i"是什么？

初荷心思一动，答案跃然眼前——是数学，在数学里"i"代表的是虚数单位。

那时候，是初荷第一次看见杜小月。南方三月的天气，那女孩仍然穿着厚厚的棉服，似乎很怕冷的样子。她相貌生得堪怜，皮肤白皙，喜欢眯起眼睛看东西，笑的时候憨态可人。

初荷注意到她，是因为发现她在课本下面压着一本厚书，她以为这女孩子是在看什么闲书，不想偶然瞟见，原来竟是一本笛卡尔的《几何学》。

“喜欢笛卡尔？”初荷在纸上写下这样一个短句，无声地放在临桌那个躲在厚重衣服里的少女面前。

少女看了看，写了一个“是”字，随后又加上一句，“这里的数学课很无聊，我听过好几遍。”

初荷觉得奇怪，提笔写道：“那你为什么还来？”

“因为不来更无聊。”

那么，假设“i”是代表虚数单位，杜小月又在暗示什么呢？杀她的凶手是一个数学家？在写一本关于虚数的论文？

不，这都不可能，如果真是这样，那么数学家也会看得懂“i”的意思，会及时把这个记号擦去。现在看来，杀人者正是因为完全不了解这个记号的含义，而忘记去掩盖这么重要的线索。

那么，假设“i”是代表虚数单位，并且是留给我看的，为什么小月觉得我能理解她的指向？我还没有去学习那么高深的数学问题，关于虚数，只知道一点儿皮毛罢了，在数学方面，一直是小月在辅导我，我的程度她应该知道的。难道说，这根本与学术上无关，而是另有含义？

一连串的问题在初荷的脑袋里搅和成一团，她实在想不清楚，干脆开始动手收拾杜小月的遗物，一边整理一边细细翻看，希望可以再找出一些重要的线索。

杜小月留下的书籍很多，初荷粗略翻了翻，大都是很艰深的数学著作，远远超越了她的知识范围，绝不是以她现在的数学知识可以理解的东西。

这么看来，小月不可能是希望我在这些我懂都不懂的东西里找到她暗示的答案吧？初荷这样自问着，手指摩挲在厚厚的书脊上，似乎可以看到阅读着这样深奥书籍的少女那越来越远离人群的寂寞背影。

这样的书在市面上十分罕有，价格也极为昂贵，但是杜小月几乎都是自己买下的，唯有三本书的书脊上印着“馨慧女学藏书阁”的字样。忽然，初荷忽然想：我是不是该替小月还回去呢？

这念头掠过脑海，她立时一本一本细细翻起那三本书来，一张薄薄的纸片随着书页翻动轻轻掉在地上。初荷弯腰拾起，只见上面密密麻麻地写满了阿拉伯数字和汉字数字，每个阿拉伯数字后面紧紧跟随一个汉字数字，一列一列很是整齐。

1 叁，2 伍，3 捌，4 拾壹……

阿拉伯数字是有序的，汉字数字是无序的，初荷捏着纸，手微微有些抖，她敏感地意识到，这样有序和无序的双组合排列，是一种密码的书写方式。

27 求

虽然对于儿时的记忆已经很模糊了，薛怀安仍然清楚地记得，那时候，自己有一条狗，很大，很温柔。

黑色，初生牛犊般的个头，方头方脑，两腮挂着肥肉，眼睛小而傻，不知道的人会以为它很凶悍，实则却是脾气温和的大家伙。

他幼时贪睡，清晨上学总是起不来，早晨的时候大狗就在他胸口拱啊拱地叫他起床，他被拱得烦了，就伸手一把将它搂过来抱在怀里继续睡，任由那家伙呼哧呼哧往他心口喷着热气，一点一点将他身上的疲倦赶走，才缓缓睁开眼睛，对着那个大毛头说："早。"

奇怪，明明应该是个大毛头的，难道是做梦了么？薛怀安在睁开眼睛的刹那，有些迷糊，不知道刚才关于狗的记忆是一个梦，还是现在怀里抱着的初荷是一个梦？

初荷把小脸从他怀中挣扎出来，脸上带着气恼的红色，道："叫你起床可真费劲儿。松手，勒死我了。"

薛怀安笑笑，怀里的小东西眼睛是圆圆的，有天生的狡黠光芒，不像狗，到更像是一只小猫。虽然脸上挂着怒气，可是他知道她并非真的恼了。她真正生气的时候是不会用口型说话的，而是完全用手语，纤细的手指在空中舞动，一个动作一个动作地释放出心底的怒意。

所以，他没有松手，继续揽住她，不着边际地说："没有大狗，就用小猫凑合一下吧。"说完，闭上眼睛继续去做千秋大梦。

显然，薛怀安由于缺乏常识，不知道猫是和狗截然不同的生物，根本不会安静地呆在他怀中。猫开始撕咬和挠抓，而且这只猫的腕力是属于铁金刚级别的。两三秒之后，他已经承受不住，睁开眼睛讨饶道："女侠，饶命吧，小可还有为民除害的重任在身，现在还不能死啊，有冤有仇，咱们以后再算成不？"

初荷被怀安逗笑，推开他，坐起身，说："叫你起个床真费劲儿，足足叫了一盏茶功夫。"

薛怀安也起了身，嘟嘟囔囔地说："那你别来叫啊，我说你大清早这么随便就进到我房间来，有没有考虑到我的隐私啊？"

初荷有些不解地问："你又不是没穿衣服。"

薛怀安看看她懵懂的样子，忍不住伸出手把她已经有些乱的头发揉得更乱，道："傻，男人又不是只有这一个隐私。"

初荷此时没有兴趣继续探讨这个问题，她从袖口抽出一张叠得整整齐齐的纸，递到薛怀安面前，说："花儿哥哥，我在小月的遗物里面发现了这个，这该是重要的线索吧。"

薛怀安展开纸，发现很大一张纸上细细密密整齐排列着阿拉伯数字和汉字数字，静静看了一会儿，才吐出三个字："是密码。"

杜小月会使用密码记录东西并不能说是很古怪的一件事。说起来，这其实还是受了薛怀安和初荷的影响。

初荷的祖父和父亲都对密码学有所涉猎，后来结识了薛怀安，三人闲来也会探讨一二。初荷原本只懂得摩尔斯密码，但是大一些后，也对这些东西生出兴趣，平日里和薛怀安自然会谈起一些，杜小月同这两人接触多了，总要被耳濡目染的。

薛怀安盯着写满密码的纸看了好一会儿，摇了摇头，说："看上去虽然简单，可是提示性的东西太少，我不知道从何入手去破解。"

初荷听到“提示性”这几个字，脱口而出道：“那个‘i’记号是不是一个提示性的关键？”

薛怀安神色一沉，严肃地问：“你怎么知道有‘i’记号的？小笨和你说的？”

初荷意识到自己说溜了嘴，但是小笨这个内奸却是绝对不可暴露的，忙说：“不是，我看见的。其实我早就发现了，只是你什么都不告诉我，我生你气了，才没有告诉你。”

薛怀安见她嘟着嘴，一副赌气的模样，便信了，正色道：“初荷，你这样不对。我不说案子，不过是不想让你看到太多黑暗的东西。但是如果你知道什么却不说，我可能就没有办法揭开那些黑暗了。”

说到此处，他忽然想起一件很重要的事情，追问道：“对了，那个和你在茶楼见面的江湖人士，就是你说是杜小月朋友的那个，你是不是还有什么隐瞒没说的。”

初荷一听薛怀安问这个，脑袋顿时大了一圈，然而此时此刻唯有死死咬定说：“那个我真的不知道啊，小月就是叫我代她送一下东西。他是什么人，和小月什么关系，我完全不知道。那不过是……”

初荷说这段话的时候，语速不自觉地加快，薛怀安很难通过唇语看懂每一个字，但大概意思却能明了，看着她急切撇清的模样，他的心上莫名一软，伸出手按在初荷肩上，宠爱地拍了拍，笑道：“成了，不用解释，我明白。初荷，你别老想着这个案子，有我在呢，有功夫你去想想到哪里继续念书吧。”

初荷一听，露出乞求之态，眼神软软的，说：“我想帮你，花儿哥哥，我能帮到你的，让我帮你吧。”

薛怀安却只是坚定地摇摇头，以沉默的微笑拒绝了。

初荷在薛怀安那里再次碰了壁，更加坚信了一件事情：薛怀安这个家伙，绝对是软硬都不吃的大坏人。她气鼓鼓地走回房间，盯着桌上杜小月从女学借来的三本书，想了好一会儿，决定还是把它们还回去。

似乎，这样做正是杜小月所期望的。

从看到密码的那一刻，她的心底就生出一种古怪的、有待被证明的想法——小月在用密码记录一些东西，也许是因为她已经预料到会有什么不幸发生，所以才会这样提前做好准备。并且，她一定希望如果有一天她真的出了意外，她的秘密不会被隐藏下去，她要使用某种方法，把自己知道的事情传递到别人手中。而从现在来看，她最有可能选择的传递者就是自己——夏初荷。

臭花儿，要是答应让我帮忙，我就把这些都告诉你，可是现在开始，我们各干各的，看看谁厉害吧。初荷负气地想着，收拾好书册，往女学走去。

28 阁

初荷来到女学门口，发现大门紧锁，叩了半天门，才听见里面有脚步声一点点走近。

开门的是校长程兰芝的乳母阿初嫂，大约三十来岁，微微发福，面庞白净和气，平日里很是好说话。

初荷从怀中掏出笔纸，写明来意是要还书，阿初嫂便接了书说她会还回去。初荷立时拉住她，又写道自己还想借几本书，不知道可不可以。

“女学已经关了，不再外借书籍。”

初荷双手合十，做出拜谢的动作，脸上堆着乞求的笑容。

大约是不能言语的少女那可怜兮兮的模样让人心软，阿初嫂经不住初荷请求，终于答应，初荷忙讨好地把阿初嫂手上的书又抱回来，示意自己会顺便放回书架去。

初荷走近藏书阁，在一排排书架中找到放置数学类书籍的搁架，这个架上的书着实不少，可是似乎借阅的人不多，大多看上去还是崭新的。

初荷按照这三本书上编写的收藏编号把书插回了原来的位置。当三本书各归其位的时候，她惊奇地发现，这三本书中有两本的位置分别在书架最底层的左右两侧，第三本在同一个书架第四层的中间，三

本书的位置恰巧构成了一个规整的等边三角形。

三边完全相等的三角形，多么人为化的形状，这样的位置构成绝对不是巧合，小月一定是有意抽出了这三本书，希望以此告诉我什么。果然，我就是她期望的那个传递消息者。初荷想到这里，只觉得仿佛看见迷雾中的一丝微芒，心跳快得一时无法思考，只能深吸一口气，强迫自己冷静下来。

然而平静下来再一想，这个等边三角形的意义又是那么模糊不清。它可以代表一个符号，也可以象征诸如三元素、三位一体等等任何由三个组成部分构成，并且每个部分都同等重要的东西。

初荷想到手中还有另一个提示“i”，然而以她的数学知识，根本想不出如何把这和三角形联系在一起。一个是几何，一个是代数，这似乎是完全扯不到一起去的东西。

初荷想了好一会儿，觉得思考有些误入歧途，决定放弃那个莫名其妙的“i”，先去研究这个矗立在自己面前的巨大等边三角形。

初荷发觉，每当她按照“这个信息或者这个暗示是小月专门留给自己”的这一思路去想，似乎总能比较容易地找到问题的方向，这样想来，一个等边三角型不管有什么含义，一定是小月认为在自己的知识范畴里面才对。

以我的知识来说，最熟悉的自然是等边三角形的几何性质，比如，三边相等，三个角都是六十度，三条高线和三条中线的重合，三条高线的交点和三条中线的交点是同一点……

关于高线和中线的思考让初荷想到了等边三角形的中心点这个重要的几何位置。如果已有的三本书每一本代表一个点，那么，由这三点可以确定的特殊点中，中心点应该是最重要的一个。

由于没有尺子，初荷只好解下衣带当尺子去测量中心点，结果发现那里摆放着一本沃利斯的著作《无穷算术》。

初荷看了看这本书的收藏编号，发觉这本书并不应该摆放在这个位置上，如果不是被放错了，那么更大的可能就是这本书是杜小月故意找来放在这个位置上的。

这本书的内容涉及初级微积分，对于初荷来说有些深奥，初荷想：小月总不可能是希望我看懂了这本书以后才知道她的用意吧？那么，假使与书的内容无关，这本书还能告诉我什么呢？

初荷打开书，细细在书页间翻找线索。大约翻到一半的时候，一张写满字的纸片露了出来，与上一张纸上的密码一样，这一张上也整齐地排列着一行一行的阿拉伯数字。不同的是，纸上没有任何文字，数字和数字之间用直线或者曲线连接，看得久了，一个个抽象的数字和那些连接着它们的线条仿佛动了起来，变成一个个手拉手跳舞的小人，在纸上旋转着、飞舞着，看得人眼花缭乱，头晕目眩，昏昏沉沉，只想睡去。

不知道怎么，初荷竟真的睡了，不知道过去了多久，她醒来的时候只觉得身上各处关节都有点儿酸疼。大约是靠着硬硬的书架，又坐在冰凉石板地上的缘故吧，她这样想着，站起身，揉一揉后腰，捡起掉在地上的密码纸。

初荷发觉这次的密码和上一次的有一个相同点，就是组成部分中都有阿拉伯数字。只不过，这一次的阿拉伯数字并非是一个自然数列，而是一组一组出现的两个自然数，两个数中间以直线或者弧线连接。

"可不可以认为这两个密码之间有某种数学上的联系呢？那么这个联系是不是和'i'记号有关？还有，为什么要选择《无穷算术》这本书来夹这张密码纸？如果只是为了把密码纸藏在某一本书里，那么简单地夹在这个位置原本放置的那本书里就可以了，大可不必专门找来这样一本《无穷算术》。这书一定也另有含义吧？"初荷自问道。

也许是由于休息了一会儿，初荷发觉原本已经开始发懵的脑袋渐渐冷静下来，于是决定重新整理一遍自己的思路：

如果“i”记号是小月留给我的，那么她一定认为这个是我理解范围内的东西。这么说来，《无穷算术》这书里面留给我的暗示一定也是与我所知相关的，而不是我不懂的数学问题。

但是，我对这本书又能知道什么呢？这和代表虚数单位的“i”又有什么关系呢？两条线索暗示的东西会是同一个吗？

初荷记得不久前曾经刚刚听过这本书的名字，那时候杜小月一脸羡慕之色地问薛怀安：“怀安哥哥和牛顿教授一起生活过？”

“嗯，是啊。”

“好了不起啊，在这么值得敬仰的人身边做侍童，他教导过你么？”

“有时候教一些，不太多，他只当是消遣。”

“真让人羡慕呢。我已经开始看他的书，微积分什么的，对我来说有些难，不过很有趣。”

“你可以先看看沃利斯和笛卡尔的书，牛顿教授是在他们两人的基础上继续研究解析几何与微积分的。”

“嗯，我正打算看《无穷算术》。”

“是牛顿！”如果可以出声的话，初荷一定会大喊这个名字。

“虚数”这名词和“i”这个虚数单位符号是笛卡尔给出的，《无穷算术》是沃利斯写的，这两个人的交叉点就是牛顿。退一步说，就算我想不出来这些，我会去问的人一定是花儿哥哥，别人会怎样将这两个线索拿来分析不得而知，但是以他的经历和所知，必然会这样将这些线索如此联系在一起，引到牛顿教授那里。所以，这是小月专门给我们留下的线索和暗示。

初荷想到这里，一跃而起，冲到书架前去找牛顿的数学著作。在数学类的书籍中，藏书馆中只有一本牛顿的《广义算术》。然而令人失望的是，这书从头到尾也没有任何夹页、标记或者是一行手写的字迹。

这本书干净得就如同从未有人看过一样，也许小月并不是指牛顿的数学类书籍，初荷这样想着，有些沮丧地将书扔在地上。

这时候，她才发觉自己的推断，或者说是杜小月给出的暗示存在着一个极其不明确的地方，那就是笛卡尔和沃利斯的交叉点可以象征与牛顿有关的一切，比如说他的著作，或者他的理论，甚至是对他的理论进行解释和研究的其他著作。

眼见着刚刚有些眉目的推断再次走入死胡同，初荷心头微微有些挫败感，抬眼看看窗外的日头，才知道已经过了中午，她没料到在这里耽搁了这么久，见一时再也找不出什么线索，只好匆匆收拾好，离开了藏书阁。

29 询

薛怀安并不知道他和初荷几乎是前后脚踏入了女学的大门，为他开门的阿初嫂一看薛怀安的锦衣卫打扮，客气地问道："官爷早，我们女学已经关了，不知官爷来有何贵干？"

"我是来见你家程校长的，关于杜小月的案子，我还有事情要问她，刚刚程府的人说她在这边。"

阿初嫂听说是杜小月的案子，脸上露出难过的神情，道："那孩子是死得惨啊，官爷随我来吧。"

薛怀安随着阿初嫂跨进院门，瞟见门边儿给门房住的小屋，停下脚步，指着小屋问："那里可是门房老贾的住处？"

阿初嫂定了步子扭头一看，道："正是，昨天晚上就有官爷来搜过了，您还要去看看吗？"

薛怀安略一沉吟，道："还是再看看吧。"

阿初嫂拿出一大串钥匙，挑出一支开了那门锁，将门一把推开，却并不进去，说："官爷请进。"

薛怀安一探头进去，就闻见里面一股子发霉的味道混合着单身男人居所特有的浑浊气息，忍不住皱了皱鼻子。

阿初嫂见了薛怀安的样子，说："里面难闻得很吧，平日里不知道说了他多少次，他也不去收拾收拾。有几次我看不过去了，帮他打扫过，现在想起来就后悔，早知道是这么个丧心病狂的歹人，就是给我钱也不帮他打扫，真是下作啊，不得好死。”

阿初嫂在门口兀自义愤填膺，薛怀安却已经习惯了屋内的气味，抬步走了进去。

这屋子小得一眼就能看遍，除了一柜一榻外再无任何家具，桌上摆着没有洗刷的碗盘，盘底的一点点剩饭因为夏季天气潮热而生出了一层绿毛，各种家什胡乱堆着，连个插脚的地方也不好找。

“这里是原本就这么乱，还是被我们的人翻过了？”薛怀安问，他知道被锦衣卫搜索过的地方，和被强盗扫荡过相差无几。

“一直就是这么乱的，昨天的几位官爷一看这样子，脚都懒得踏进来。这屋子就这么巴掌大地方，哪里藏得住人，再者说，老贾干了这么伤天害理的事情，也不敢呆在这里啊。”

阿初嫂说完这些话，以为薛怀安也会像昨天那些锦衣卫一样看看就算了，不想这个看上去神情有些疏懒的年轻人好似没听见一样，弯下腰，从一大堆乱七八糟的东西中间拾起一个黑色的铁盘来。

“铁八卦，难不成老贾会八卦掌？这应该是练八卦掌用的。”薛怀安问。

“这我就不知道了，我家小姐说当年雇了老贾只是因为他看着老实，没听说会武功。”

“那你什么时候发现他不见的？”

“谁老去注意这么个人啊，出事了你们来抓人，才发觉他早就跑了。”

蹲在地上的薛怀安冷不丁转过头来，原本好像半睡半醒、老没睁开的眼睛忽然明亮异常，问：“大嫂最好想清楚，门房可不是别的什么人。我记得口供上说你们去清凉山茶室的时候是从这里出发的，那么门房老贾那时候有没有送你们出去，有没有在你们走之后关好大门，这总是应该记得的。如若那时候他已经不在，门该是你们自己锁的，这样的事情不会搞不清吧。”

阿初嫂被眼前锦衣卫突然改变的气场唬得愣了愣，才道：“是，大人这么一说，倒是想起来了，那天我们出门时老贾还在的，我们出去后，是他关了大门，此后就再未曾见过。”

“老贾平日吃住都在这里，没有别的家，是吗？”

“是，这些我都和前天来的官爷说过。大人，你们诸位之间难道不说说话，互通消息吗？”阿初嫂被问得有些不耐烦，口气也没有刚才的和气。

薛怀安站起身，笑笑说：“是啊，说得不怎么多，我们锦衣卫都是些温柔腼腆、不善言辞的家伙。”

阿初嫂带着“温柔腼腆、不善言辞”的年轻锦衣卫穿过校园小而精致的庭院，来到一个独立的院落。她进去通报后没多久，一身淡青色丝裙的程兰芝便迎出了院子。

她见是薛怀安，熟稔地点点头，道：“原来是薛校尉。怎么，这案子我还有什么可以帮上忙的地方？”

“正是，在下的确还有很重要的事情，要向程校长询问。”

程兰芝面上客气地微微一笑，可是并没有做出邀请薛怀安入内相谈的动作，双手在身前一环，说：“请问吧。”

薛怀安仿佛完全没有察觉到程兰芝的拒意，自己抬脚就往院子里走，程兰芝见这人这么厚脸皮，自己到底是女子，也不好上去硬拽他，只得容他进了院子。

薛怀安站在院子里，四下看看，指着敞开的窗子问：“程校长在夏天喜欢开窗户是吧？”

程兰芝被问得莫名其妙，答道：“自然是，敢问有谁在夏天里紧闭门户的。”

“但是开着窗户不会不方便吗？在下是说要是在室内换衣服什么

的怎么办呢？”

“自然是会放下帘子的。”

“那么，前天在清凉山茶室，程校长换戏服的那间屋子，也是开着窗子的吧？”

程兰芝没有马上答话，盯着面前正俯身闲闲观看着庭园花草、看上去有些吊儿郎当的锦衣卫，好一阵子后才说：“是的，开着。”

“不单是前窗，后窗也是开着的吧？”

“这么具体的细节，我就记不得了，谁会在意这种事情。”

薛怀安忽然站直身子，将目光移到程兰芝身上，温吞吞地开口说：“从那个后窗可以清楚地看到杜小月被害的地方，我在想，程校长是不是有可能恰巧在换戏服的时候看见了凶手呢？”

“没有。”程兰芝斩钉截铁地回答，“换戏服也就那么一会儿功夫，匆匆忙忙的哪有时间还看外面。”

“但是如果有呼救声传出来呢，你总会看看吧。”薛怀安的口气仍然绵绵地，似乎很不确定该不该这样问。

程兰芝一挑眉毛，反问道：“薛校尉，我为何一定会听到呢？且不说是不是杜小月被害的时候我恰巧就在那里换衣服，退一步讲，就算在的话，虽然她被害的地点和我的后窗直线距离不过百多步，可是隔着山林草木，我为何一定能听得见呢？”

薛怀安搔搔头，露出一副被难倒的表情，道：“的确是啊，程校长说得有理，不好意思啊，打扰程校长这么久，在下这就告辞了。”

程兰芝不想这样就结束了锦衣卫那臭名昭著的问询，她依然记得就在两天以前被一群锦衣卫困在清凉山上茶室的时候，是怎样被喝来呼去、冷言相对的，于是有些不置信地问：“薛校尉这就走了？那，恕不远送。”

30 所

薛怀安回到百户所，看到一众锦衣卫横七竖八躺在屋中，诧异地问：“怎么，北明铁骑突袭我惠安百户所了吗？”

回答他的只有众人此起彼伏的鼾声。

薛怀安咧咧嘴，低笑着转身出去，正与李抗撞了个满怀，他和李抗差不多高，两人脑门对脑门撞得“咚”一声响。

李抗“噔噔”疾退几步，扎下马步，一手捂着脑门儿，一手拉开拳架，道：“来者何人？难道是江湖传闻铁头功已练到第九层的铁头猴子，铁大侠？”

薛怀安也捂着脑门，苦着脸说：“正是在下，不过今日才知道人上有人天外有天，阁下的铜头铁臂蛤蟆功想必已经练到九九八十一层，竟然还只是一介江湖无名人士，果然是大隐隐于市啊。”

李抗“嘿嘿”笑着收了姿势，说：“怀安你赶紧出来，你要是不睡也别吵了别人。”

薛怀安回身轻轻关上门，问：“怎么，昨天又是搜了一天？”

“可不是，昨天你倒是爬爬山、谈谈天就过了一天，我们可是把这惠安方圆五百里都翻了个地底儿朝天，不过还是没有那个老贾的踪影。我估计，他是已经逃出惠安辖区了。”

“这么快，怎么可能？”薛怀安不置信地问。

原来战后刚刚安定下来的南明承袭旧制，对人口流动的管理原本颇为严格，从一地去另一地一定要开具路条或者通关文书。只是后来因为经济快速发展，人口流动越来越大，百姓觉得这样十分不方便，也大大妨碍了商品流通，故此经过多次变革，在如惠安这样的一个辖区内，普通百姓行走往来已经取消了这样的通关文书限制，但是如果出了辖区，却仍然需要路条。

老贾若是已经逃出了惠安辖区，那么必定会遇上通关文书的问题，如果没有逃出惠安辖区，那么要逃开锦衣卫掘地三尺的搜查亦是难事。薛怀安想到此处，说：“难不成，这老贾早就准备好了通关文书，或者，早就安排下了一个妥当的藏身之处？”

“是啊，看来就是这样。妈的，这个淫贼事先计划得这么周密，你有这本事，当啥淫贼呢。”李抗气呼呼地骂道。

薛怀安摇摇头，说：“他倒不见得是淫贼，但的确是有点儿本事，这人会八卦掌，想来也是在江湖上混过的。”

李抗见薛怀安提起淫贼这件事情，神色严肃起来，说：“怀安，你说上次我们抓的那个人不是淫贼也就算了，这次要是我们好不容易抓到老贾，你还准备拆台吗？这淫贼的案子拖得时间太长了，而且传得也太广。你也知道，普通小民就是喜欢在这样的事情上嚼舌头。”

“可是，杀杜小月的凶手明明只是想利用淫贼的事情掩盖事情的真实目的，他未必就是之前采花案的淫贼啊。”

“但也未必不是。”

薛怀安没想到五大三粗的李抗突然之间在这个逻辑关系上给予自己如此致命的反击，一时间哑口无言，哭丧着脸说：“百户大人，你是不是说，就算我把杀杜小月的凶手抓出来，还要再找证据撇清他和采花案子之间的关系？”

李抗看看他，长叹一声，颇为语重心长地说：“怀安，你知道为什么我这么器重你，却一直没有提升你吗？因为你一直不明白，你除了是一个锦衣卫，还身在官场啊。如果我要提升你，以你的断案之能，再过三年五载我这小小百户所就容不下你了，到时候，谁罩着你呢？”

薛怀安虽然是个迷糊人，但李抗话讲到这个份上，他也不会听不懂，眼睛里亮晶晶的，如有所悟，右手握着拳头猛地一挥，充满豪情和感激地说：“百户大人，卑职明白了。为了不辜负大人的厚爱，卑职这次不单要把杀害杜小月的凶手抓出来，还要把采花淫贼也一并抓出来。”

李抗脸部石化，无言以对，定定看着眼前亮闪闪的年轻锦衣卫好一会儿，猛地伸手一拍他肩膀，说：“妈的，薛怀安，老子怎么不是女人呢？老子要是女人就嫁给你做媳妇儿。”

这话猛地提醒了薛怀安，问道：“大人，卑职拜托大人安排人手监视杜星和他媳妇儿那事如何了？”

李抗见他提起这件事情，没好气儿地说：“我哪里还来的人手？人手都趴在那屋里起不来了，巧妇难为无米之炊啊。”

“大人你这太过自谦了，你要是女人，哪里是巧妇，根本就是仙女下凡，没米也能变出米来啊。”薛怀安笑嘻嘻地巴结道。

李抗被他一拍马屁，忍不住也笑道：“呵呵，你小子，是不是知道我答应你的事情一定能做到啊？呵呵，我告诉你，还真就没有难得住我李抗的事情。我已经给你找好监视他们家的人手了。来，我给你介绍一下咱们百户所新来的力士——本杰明·朱。”

随着李抗一声大叫，本杰明从百户所的后院里小跑着奔了出来，虽然只是穿着一身深棕色的力士粗衣，仍是难掩眉目之俊秀。薛怀安见了，忍不住好奇地问：“小笨，这样的工作你也做？”

有明以来，地方官员便可以自己出钱雇佣吏人，最为人所知的就是师爷这样的小吏。到了南明百户所这里，百户则有权利雇佣几个杂吏，薪水由百户自己定夺，名曰力士。因为不是拿官家的钱来雇佣，而是百户自己出钱，李抗开出的薪水很低，一个月只有二两银子，也就是两个南明银币。

这个位子薪水低事情又杂，故此总是没有人干得长，这一次招募的告示贴在外面半个月，仍是没有人来应事。薛怀安原想着找机会和李抗说说，给这差事加点儿钱，不料本杰明竟然来了。

殊不知，本杰明自然有自己的如意算盘，他应了这份工，既可以兼顾打探薛怀安，又能多挣一分钱，简直是一石二鸟的上上之策。此时他老远见了薛怀安，越看心里越美滋滋，上前一把抓住他的手，用力握了握，说："壮，以后咱们就在一起共事了，你有什么都要和我说啊。"

薛怀安看着眼前眉眼夺目的少年，心想：这样的人物要是上街跟踪别人，能成吗？万一被人围观怎么办？虽然如此想，但是他觉得自己总是该些深度的，不可以说出这样以貌取人的肤浅话来，于是说："大人，力士只是负责杂务，让他接触案子合适吗？"

李抗摆摆手，道："权宜之计嘛，如今正是用人之时，不可拘泥。再者说，这孩子是国外来的，底子清白，我看没事情。"

"是啊，壮，你不放心我么？"本杰明微微有点儿委屈地问。

"不，我自然信任你。不过，笨，你要是出去跟踪别人，最好戴个面罩，以防过于引人瞩目，如何？"

"我说怀安，大白天戴着面罩才更引人瞩目吧？"李抗在一边闷声说。

三人正谈话间，只听门口一阵嘈杂，马嘶人声不止。片刻之后，一队身穿绿色官服的锦衣卫鱼贯而入，为首一人正是常樱。

常樱瞟了一眼薛怀安，径直走向李抗，以官样客气的语调说："李百户，叨扰了，本官要暂时征用这里的一间屋子作为临时指挥所，这里是北镇抚司指挥使的特函。"

李抗打开常樱递过来的信函，略略看了一眼，淡然地说："常百户，我们也算共事过，你要用我这里，说一声就好了，哪用得着日理万机的常指挥使写什么特函。"

常樱听出李抗故意加重"常指挥使"这四个字的语气，明白他的意思，毫不避忌地说："家父信上是要沿途所有锦衣卫提供方便，并非单指你这一家。我和李大人有交情，李大人愿意卖我这个面子，别人不见得都能如此。"

李抗礼貌地笑笑，说："怎么会，谁会不给绿骑之剑面子？常大人，你看我这巴掌大的地方哪间合用，你用就是了。"

31 茫

常樱在百户所安营扎寨之后，很快便把众绿骑悉数遣出。她一个人坐在屋中，隔着回字格雕花玻璃窗，看见院子中那些刚刚睡醒的缇骑正打着哈欠，懒洋洋地围着李抗和薛怀安在说什么。

常樱想着不知道要在这里呆多久，还是出去露一下面，和众人打个招呼为好，起身刚推开门，就听见一个缇骑说：“李百户大人也是忒好脾气了，这么就让他们占了咱们的地盘，看那些绿骑趾高气扬的，个个都以为自己身系国家安危呢。”

“没办法，谁让咱们身在福建这地界儿呢。”李抗以略带无奈的口气说。

众人都明白，福建省因为地理位置的关系，是南明国家安全的关键之地。南明和满清的接壤处唯有四川省，由于川道艰险，满清的铁骑很难从陕西一线大举入川，而南明的商队则可以穿越山隘将从粮食到钢铁等各类商品输入满清，故此，两国结成了利益上的盟友。

四川往东是著名的天下粮仓湖广省，这里原本是南明和北明都想吞掉的一块肥肉，只可惜南明的兵将不够凶悍，想啃啃不下来；北明因为要防着与陕西接壤处驻扎在边境上的十几万满洲铁骑而不敢轻举妄动。故此当初双方在这里小战役打了不少，来来回回拉锯无数次，最终谁也没占到便宜，将湖广一分为二，各占一半，到了近几十年则更是平静无事。

湖广再往东就是同样被南北明各占走一半的江西省。江西原本就是山水险恶之地，行军打仗不易，加之当地民风彪悍，从土匪到一般的地方武装往往是南北两边都不买账，哪边的粮草物资都敢打主意。南北明在此地都吃过大亏，加之江西本身物质贫乏，双方最终都没了交战的兴趣，在和谈之后划定了疆界。

江西再往东，就是南明的福建省，这里和北明的浙江省接壤，是北明最好的进攻突破口。当年最危急的时候，北明大军已经兵临福州城下，整个福建省危在旦夕，而福建一旦失守，南明帝都所在的广东省就再无屏障。紧要关头，当时的内阁首辅大学士张昭重新启用时年 28 岁，被贬在家的年轻将领郑成功为大将军，奇迹般地逆转了南明的颓势。郑成功稳固住福州府和泉州府的防御，从泉州军港派遣神武炮舰北上，一支舰队在浙江温州府金乡卫登陆，切断北明南征军的补给线路；一支进入长江口，骚扰长江沿岸的北明重镇，最终迫使北明撤兵。

与羸弱的南明陆军不同，南明水军出身多为海上强盗，作风悍勇，加上配备了号称海上无敌的神武炮舰，南明在海上可谓占尽优势。如今，南明水军以福建和台湾为基地，控制住从琉球群岛到菲利宾群岛的广大海域，将北明堵在了渤海湾里，使其只有经朝鲜、走俄罗斯与日本之间的东海这个唯一的海上通道。

虽然知道鉴于福建这样的军事地位，但凡有关国家安全的事情，其他人和事便都要统统让位，缇骑们还是心头别扭。另一个缇骑说："借地方也有很多种借法，用得着拿指挥使的信函来炫耀吗？"

"当然用得着，谁让人家爹爹是指挥使，她要那信函估计比找怀安要张擦屁股纸还容易些。"

薛怀安听了，也跟着胡闹说："是啊，家父家母自幼教导说我，薛家的擦屁股纸，是不能随便外借的。"

常樱并非是第一次听到别人议论她靠她父亲如何如何，甚至就在刚才，当李抗故意提到“日理万机的常指挥使”来暗示她以势压人时，她也不以为意。她自信18岁入绿骑以来，从未有一刻怠惰，行事果决勇敢，屡建奇功，就算没有做指挥使的父亲，一样可以有今时今日的地位。那些拿她父亲说事儿的人，不过是妒忌且又再无其他可以置喙之处而已，一笑了之也就罢了。

然而不知道为何，她听见薛怀安也跟着在那里起哄的时候，心头竟是愤恨难耐，只觉得人人以此谈笑都无妨，唯独此人这么说就是天理难容。忽然就想起昨天清晨薛怀安关于“一步一个脚印”的玩笑，当时看着他嬉笑的神情，自己也觉得不过玩笑罢了，今日回味起来，竟然是如细刺在心，拔不出来却又无法忽略。

只是这样的恨意中又含了委屈，那是即便她自己也难以描摹的情绪，从来坦荡的心怀似乎一下子被拧成了三道弯，让那恨意怒气无法如火山一样喷薄而出，千回百转得变了味道。

心思婉转之间，院中的一众缇骑已经散了，常樱看着薛怀安和李抗又低语了几句就独自一人往无人的后院走去，想也没想，推门追了上去。

薛怀安刚转进后院的门儿，只觉得背后有掌风忽至，下意识地躲向一侧，避过了来人的一掌。转头一看，只见常樱的第二掌已经袭来。

常樱武功极高，这第一掌原本是没有使出全部功夫，如若薛怀安挨下来，也许她便泄了火气。但现下他一躲，常樱只觉得心里更是恼怒，第二掌毫不留情，直取薛怀安胸口。

薛怀安武功马马虎虎都谈不上，这第二掌躲无可躲，硬生生挨了一击，捂着胸口倒退数步，一时疼得说不出话来，又愤怒又不明所以地瞪着常樱。

常樱这一击得手，原本要再打，可是一看薛怀安的模样，又下不去手，只是恨恨地说：“薛怀安，你混蛋！”

薛怀安疼得咧了咧嘴，问：“百户大人何出此言，可是薛某得罪了大人？”

“难为我看得起你，还想把你招募到麾下，你却在背后说我坏话！”

薛怀安想了想，恍然大悟，问：“是关于借擦，啊，草纸的事情啊，这个，对不起，对不起，男人在一起，有时候是这样的，但我不过是好玩儿起哄，常大人，对不起，卑职没有恶意，我给你赔罪好吧？”

薛怀安这错认得既快又诚恳，心想对方一个堂堂锦衣卫百户也不至于再在这样的小事上纠缠了吧。不料常樱却不依不饶，挥拳上来又是一阵捶打，打得薛怀安莫名其妙，不知道这位大人究竟为何发这么大脾气。若说真是气极了吧，这后面的一串拳头分明是没啥力道的，噼里啪啦砸下来，就是肉疼一下子而已。

他不由得抓住常樱的腕子，一下子把她控制在离自己一寸不到的距离上，正对上她带着怒意仰视自己的一双黝黑眼睛，那里面如煮沸的沥青一样充斥着滚烫粘稠、难以分辨的情绪，看得他一阵茫然。

两人茫茫相看间，忽听一个声音气喘吁吁地喊：“壮、壮，快，那个杜氏带着人去欺负初荷了。”

薛怀安立时松开常樱的腕子，抬眼看见本杰明正擦着汗扑进院子，忙问：“怎么回事儿？初荷在哪里？”

“你不是让我跟踪杜氏么？她刚刚拿着杜小月的户籍册去了德茂银号，说是杜小月已死，户籍官府给销掉了，要取出杜小月在那里的银子。银号的人说了，杜小月早留了公证过的书信，万一她出了意外，她在德茂的钱都给一个叫夏初荷的人。杜氏转回头就到她娘家纠集了人，要去咱们家找初荷，我见势不妙，赶紧先回来报信儿。”

本杰明这一段话说得腔调古怪又急促，薛怀安听得半懂不懂，只觉得心头焦急万分，似乎一股血冲上脑袋，把头上的每个血管儿都炸开了花，让他根本无法思考，急道：“笨，我们快走！”

32 斗

初荷从女学回家的路上必然会经过一家小小的化学药品店，偶尔她会因为要购买配置火药的材料进去转转。这天她在店门口站了好一会儿，终于一咬下唇，下定决心，转身往家走去。

初荷仍然不能完全明白所谓的这个世界的毒药是什么，如果说是射速更快、更精确，使用起来也更方便的枪支的话，那么似乎有些夸大了枪的作用。如此就只剩下火药了，威力更强大的火药，一小包就可以炸掉一块巨石的猛炸药，这样的东西还是不要去轻易碰触吧。

打定了主意，初荷对要怎样去着手改进枪械便有了思路：既然放弃对火药的改良，就只剩下对枪体的改造了。《枪器总要》的后半部没有写完，散页也比前面写得简要很多，很多简单提到的设计必须反复试验才能完成。她原本因为资金不足没办法尝试，如今有了祁天给的这笔钱，很快就可以开工，只是以后就不方便在家里干活儿，很多事情还要重新安排才好。

心里挂念的事情从杜小月的案子转到别处，初荷多少觉得没那么沉重，往好的一面看，自己手里拿了两张密码纸，离解开谜题也应该不会太远了吧。

这样想着，脚步不觉轻快起来，就连对面有五个人气势汹汹地冲自己走过来也没有发觉。

“小妖精,你给我站住!”拦在初荷前面的杜氏吼了一嗓子。

初荷边走边想自己的事,冷不防被人一喊,下意识站定,这才发觉已经被五个人围住。为首的杜氏艾红她倒是认得,虽然被那一句“小妖精”喝得心里不快,但还是冲杜氏点点头,掏出本子写道:“杜家嫂子有什么事?”

杜氏瞟了一眼本子,没好气儿地说:“看在你是个哑巴的份上,我不和你计较。你赶快把从我们杜家骗去的钱交出来,这事就了了。”

初荷被问得一头雾水,睁大眼睛,用手语比出“不懂”两个字。

杜氏就算不明白手语,看着初荷一脸的无辜神情大约也能明白八分。这条街是惠安的热闹街道,此时已经有行人围过来指指点点,大都是在说怎么五个大人合伙欺负一个不会说话的小姑娘,只不过现在情况不明,没人敢贸然上来替初荷解围。

杜氏怕耽搁久了,会有管闲事的人跳出来,更不敢把事情讲明白,伸手就去抓初荷的腕子,道:“走,跟我去银号,把你从我家骗的钱拿出来。”

初荷哪里是如此好欺负的人,见杜氏的手伸过来,腕子一压,避开她的手,转腕扣住那只戴着翠玉镯子的圆润腕子,手上加力,疼得杜氏失声大叫:“小妖精,骗我家的钱财还敢欺负人,有没有天理啊!”

围观的人见到这情形,大都生了误会,低声议论:“这小姑娘这么小,就懂得勾搭有妇之夫么?”

“似乎不但如此,还骗了人家钱财吧。”

“可能吗?这么个不会说话的小姑娘。”

“哼,这年头,为了钱有什么不可能。”

初荷苦于无法言语,用眼睛狠狠扫了一圈围观的人,被她眼风扫到的人一时都不敢作声,但神情满是鄙夷。

陪杜氏来的是她娘家两个哥哥和两个伙计。她二哥见了这情形,一递眼色，暗示几个帮手暂时都不要动手，想着且看这个小丫头怎么发飙。只要让她把“恶名”作实，便没有人会上来管闲事。

初荷松开杜氏，不想再纠缠，杜氏却不依不饶又扑抓上来，初荷只得横劈一掌将她挡开。这一掌只用了三分力道，不料杜氏却一屁股摔坐在地上，泼赖地又哭又叫起来：“还有没有天理啊，拐走我家人，骗走我家钱，现在还当街打人！”

初荷眼看事情被杜氏越描越黑，抽出本子又要写字，杜氏的二哥却一掌拍过来。那一掌先是打掉了本子却并不收力，顺势去抓初荷的手腕。初荷原本要横掌去劈对方的手，不料从旁忽然伸出一只大手将艾家老二的手擒住，反手拧在他背后，接着便听见一个有些耳熟的声音说：“这位仁兄，不管发生了什么，以大欺小总是有失风度吧？”

初荷定睛一看，说话这人竟然是祁天，而制住艾家老二的似乎昨日也见过，大约是他的随从之一。

初荷感激地看他一眼，想要去捡本子写字，祁天却对她笑笑，一摆手，示意她不用麻烦。初荷这才发觉杜氏的另一个哥哥也被祁天的一个仆从制住，那两个伙计样子的人物则只管傻站着，不敢动了。

祁天缓步走到刚从地上站起来的杜氏面前，问：“这位夫人，在下不知道你们和这个小姑娘有什么过节，不过，这小姑娘不能言语，你们不给她说话的机会总是有失公平。”

“那你让她说啊，让她说说到底怎么蛊惑了我家妹子，让我家妹子把遗产全部给了她。”杜氏瞪着初荷，狠声说。

初荷听了，脸上现出吃惊之色，祁天看在眼里，道：“原来是这么回事儿。你妹子愿意把遗产给谁是你妹子的事情，这位小姑娘有什么错？你在这里又是喊小妖精，又是喊骗钱，不是存心往她身上泼脏水吗？”

“哪有人把自己的遗产留给不相干的外人的？分明是这个小妖精使了什么花招骗了我妹子，说不定我妹子就是被她杀的。我妹子死的时候第一个发现尸体的人就是她，她绝对脱不了干系！”杜氏指着初荷嚷嚷道。

围观众人一听这里面还牵扯了谋杀案，更是被调动起情绪，嗡嗡议论不止。

祁天见这女人如此胡搅蛮缠，刚想再替初荷分辨几句，恰巧瞟见艾家老二裂开的胸口衣襟之下露出半个蝎子纹身，不由一笑，走到他身旁，凑近耳边低声道：“这位蝎子帮的朋友，在下姓祁，在祁家行三，这小姑娘是我的朋友，麻烦你给个面子。”

艾家老二一听这话，脸色顿时大变，一边挣扎着试图从制住他的仆从手里脱身出来，一边说：“小的不知是祁三爷的朋友，三爷恕罪。”

祁天冲仆从颔首示意，仆从随即松开了手。艾家老二一个箭步冲上去拉住杜氏，喝止道：“成了成了，别说了，咱们走。”

杜氏不明所以，张嘴就喊：“为什么走？那是我家的钱，不能这么算了。你拉我干什么？你还是不是我哥，怎么帮着外人欺负我？”说罢，她一屁股坐在地上，干脆撒泼耍赖起来。

艾家老二见了，心头起急，抡起胳膊一个巴掌抽在杜氏脸上，骂道：“死婆娘，快跟我走！都是为你好，你不听我的，到时候死都不知道是怎么死的。”说完就去招呼他兄弟和伙计，也不管那杜氏怎么跳脚胡闹，生拉硬拽地给架走了。

初荷不知道祁天用了什么法子将事情这么快摆平，只是看见杜氏狼狈的模样心里就舒爽很多，忍不住笑起来。

祁天见她毫无顾忌的开心模样，轻笑着摇摇头，说：“初荷姑娘你收敛一点儿，你这样很是一副小人得志的模样。”

怎想初荷却笑得更加开怀，眼角眉梢都带着肆无忌惮的恣意。

如若可以出声的话，那笑声应该如林中百灵般婉转清澈吧。祁天看着眼前不羁欢笑的少女忽然这样想，心下顿生怜意，道：“你家少爷知道如何联络我，要是以后被欺负了可以来找我。”

说完他心念一动，拾起地上的纸笔，写下一行字递给初荷，说：“还是直接给你这个吧。”

初荷接过去，低头看了看，浓密的长睫轻轻扇动，掩盖住眼睛里变幻的情绪，再抬眼的时候，只是平静如幽潭的一双明眸。

“谢谢。”她提笔这样写道。

“不客气，我这就要离开惠安了，有缘再见吧。希望下次不会是被人欺负了哭着鼻子找上门来。”祁天说道。

他的语调一如既往的温和，连他自己也分不清楚，到底只是习惯性的和气，还是心底里真的有那么一点点柔软的情怀。

于他，这一次惠安之行颇有些意外。比如那个造枪的美少年，越看越是没脑，他给了那少年一张无法自由取款的限制性银票，竟然就把他哄得乐上了天。就连这少年的小丫头，似乎也有什么说不上来的特别之处，让他不由得关注。

也许该彻查一下他们的背景吧，这样的想法一闪而过，然而，却只是一闪，并没有真的令他提起兴趣。毕竟，只要能造出好枪就可以了，别的无所谓。

33 律

薛怀安心急火燎地赶回家时，初荷正在给家中地位排行第三的藤萝浇水。她一扭脸看见推门而入的薛怀安，讶异地问："花儿哥哥，你怎么回来了？"

薛怀安两三步跑上前去，扒住初荷的肩头上上下下检视一遍，急急地问："没事儿吧，没被杜氏欺负吧！"

初荷立时明白过来，嘟起嘴，用手语比出："被气死了。"

薛怀安一见她如此撒娇的模样，一颗悬着的心倒是放下来，这丫头他最知道不过，如若真的被人欺负，绝对不会如此情形。

然而担心的话好像有惯性一样，自己便冲了出来："是不是受委屈了？你等着，我给你报仇去，把欺负你的人都抓进大牢里。"

初荷被他骗小孩子似的话逗笑了，说："这样的事你还真做不出来。"

"你小看我是吧，说不定真的一会儿就去抓她，她很可能是杀害小月的凶手。"

初荷听了既惊又疑地望着薛怀安，薛怀安却不想再多说这件事情，随即把话题岔开，道："知道了么，小月把她的钱放在了德茂银号，留了信给你，说是要是有什么意外，那些钱就都送给你了。咱们赶紧去看看吧，说不定信上有什么线索。”

初荷点头答应，目光越过薛怀安的肩膀，看见他身后同样一脸焦虑的本杰明和神色淡然的常樱。

她转而对薛怀安说：“叫别人去忙自己的事吧，不会有事了，刚刚和小月她嫂子在路上碰见，有路人帮我打抱不平，他们不会再来欺负我了，放心吧。”

薛怀安方才一路疾奔回家，也没注意究竟有谁跟着，此时转头一看，见除了本杰明还有常樱，觉得有些不好意思，对常樱感激地笑笑，说：“常百户，真是抱歉，你公务这么繁忙还让你跑一趟，卑职感激不尽。”

常樱当时见到薛怀安一副要去与人打架的模样，想也没想便跟了来，如今也觉得自己继续留在这里，微微有些尴尬，明明还在生他的气，这又是人家的家事，做好人也做得没什么立场，连自己也不明白为这人着哪门子急，于是淡淡地说：“薛校尉太客气，既然令妹无事，我就先告辞了。”

薛怀安道谢相送，初荷却觉得有些不妥，对他说：“花儿哥哥，这个常百户也算是你上司吧，难为人家和你一同跑来，你还是与她一起回去吧，路上多谢谢她，方便的话，请人家喝个茶吃个饭都好。你这么木呆呆的，怎么升职呢？”

薛怀安想起刚和常樱打过架，这样简单谢一声的确是有些不好，只是他心上记挂初荷，便说：“那你呢，我这不是担心你嘛。”

初荷指指本杰明道：“有小笨呢，小笨是我的骑士，他会陪我去银号。”

本杰明看见初荷指向自己，虽然不懂唇语，还是大约明白其意，拍拍胸脯，说：“万事有我在，壮，你放心。”

薛怀安点点头，知道这样安排也许更好，但是心底隐隐又莫名失落。

有一天，公主终将遇到她的骑士，到了那时候，是不是要微笑着松开手交出去，并且送上自己最真挚的祝福呢？

忽然生于心中的闲愁让年轻的锦衣卫神色沉闷下来，初荷见了，以为他依旧不放心，轻轻拥住他，把面孔扎进他胸口，唇齿轻动："放心，放心，我会照顾自己。"

他看不见她的唇，不知道她在低语着什么，只感觉有细微的呼吸透过轻薄的衣料扑在他的胸口，那些微小的气流渗透进皮肤，游走于血液，堆积在心口，让他无法再去思考更深刻或者更遥远的问题。

"初荷，至少你现在的骑士很不靠谱，我没有办法把你交出去。"他低低地说。

半个时辰之后，初荷终于亲身体验到自己的骑士有多么不靠谱。

那时，本杰明陪着她在银号认证杜小月遗产继承人的身份，他顺便拿出了祁天给的银票先要提些银子。银号伙计看看银票，指着票据边上一个红彤彤的"承"字印记说："这位小爷您看好了，有这个印记的银票是不能随便提钱的，一定是要有当初的开票人，喏，就是票底这里签了字的这位叫祁天的人亲自给最初发出这张票的银号许可，那个银号再给我们转了银子，我们才能付钱。"

"你什么意思，就是说这个银票提不了钱？"本杰明不解地问。

银号伙计性子还算好，继续解释说："对，就是这意思。一般的银票只要是我们德茂开出去的，不管是哪地方分号开的，见票我们就给银子。但是这一种'承'字票不一样，必须是银子由开票的人拨到我们账上，我们才能给出去。这是一般生意人喜欢用的，比如，您答应卖给一个贵阳商号 100 担茶，先要了对方 1000 两定金，人家怕您拿钱跑了就会给您这样的银票。您想要提钱，先要让对方把钱通过贵阳的开票银号划给我们，等到账了，我们就知会您一声，到账的时候，同时会送来开票那位客人提出的付款条件，以这个茶叶生意来说，可能就是您这个茶装运上船的船运单子，我们票号核实了，见您满足了条件就能给您钱，您懂了吗？”

“不懂。”本杰明漂亮的大眼睛闪烁着，懵懂地摇了摇头。

银号的伙计有点儿失去了耐性，但还保持着应有的客气，道：“要再不懂我也没法子了，您只好去问问给您银票的人，小爷怎么不问问清楚就拿了人家银票，又不是什么小数目。”

本杰明苦着脸看向初荷，问：“怎么办，初荷，我们没钱可怎么开始？”

初荷听得明白，暗想祁天那人不该忘记解释银票的事情，难不成是在试探小笨是不是真的很笨？如若真是如此，小笨这样算是完全暴露了。只是，今日看祁天的样子，似乎并不以为意，这到底是好事还是坏事呢？

本杰明见初荷不说话，急得团团转，嘟囔着：“不行，不行，我要去找那个姓祁的，他留了地址的，我要去找他。”

初荷掏出本子，写道：“不着急，先用小月留给我的钱吧。”

“你不是说不想要的吗？”

“我改主意了。”

初荷原本的确存了将钱转给杜小月她哥的心思，只是见到杜小月留给自己的信，却觉得这钱似乎还是留在自己手上最好。

那信是在公证人和银号共同见证下所写，内容很是简单：

如本人杜小月不幸身故，自愿将存于惠安德茂银号全部700银元赠与泉州崇武人士夏初荷，以资助其研习探究自然和自然律之用。

初荷躺在床上，把这信来来回回又读了数遍，仍然看不出任何可供参考的解谜线索。

如今唯一可以确定的就是，小月的的确确早就料到也许自己会出什么意外，故此才会事先作了这样的安排。然而为什么不留给她自己的家人呢？难道是认为我更需要这笔钱？700两银子大约就是在书院学习生活一年的费用，小月确实说过，她自己已经没有可能继续去书院深造了，希望我能有这样的机会。但是论及亲厚，她哥哥总算是她的血亲，为什么不多少留一些给他呢？他是个病人，也会很需要钱吧？难不成真如花儿哥哥所说，她嫂子就是害她的人？而我是唯一可以帮她申冤的人？这么说，那时候小月执意要搬来我家，难不成也是早就想好的？

初荷越想越觉得心寒，一骨碌从床上爬起来，把两张密码纸平铺在桌案上，又拿出一张纸，用毛笔写下一个大大的“i”字，然后深深呼吸，对自己说：好吧，不要乱，重新来推导一次。

小月留下三本未还的书，书里有第一张密码纸，之后，通过三本书，可以找到第二张密码纸，到此为止，线索中断。

但是，我还有另一个线索，就是记号“i”，如果根据这个提示，加上第二张密码纸夹在《无穷算术》这本特殊的书中，我能想到的就是牛顿，从而得到《广义算术》这本书。

思路整理到这里，初荷才想起来忘了把从藏书阁带回的《广义算术》摆出来，赶忙找到书，也放在桌面上，想了想，又把杜小月的信也一并搁在桌面，确定再无任何遗漏，自语道：“好，都在这里了，继续来。”

线索到《广义算术》这里中断，但是我之后又得到一封信和一些钱。信的内容是……

初荷想到此处，眼睛落在《广义算术》这本书的封皮上。书是牛顿去世以后才发行的纪念版，在精致的小牛皮封面上，有几行烫金的小字：

自然和自然律隐没在黑暗中；

神说，让牛顿去吧！

于是一切豁然开朗。

这是牛顿的墓志铭，是对这位开创了一个时代的伟大人物的最高赞美，这是——是巧合么？小月在信里写着“以资助其研习探究自然和自然律之用”。

自然和自然律，这绝对不是用词上的巧合。

难道，一切马上就要豁然开朗了吗？

34 茶

薛怀安紧赶慢赶，总算在常樱回百户所之前追上了她。

常樱看见气喘吁吁、一脑门子汗的薛怀安有些诧异，问："薛校尉，有什么急事，令妹那里不要紧了呢？"

"都安排好了，初荷让我要特别谢谢你。"

常樱听了，淡淡"哦"一声，转身又要往前走。薛怀安见她不咸不淡的神色，想着刚才她还气得打自己，有点儿不知该如何是好，记起初荷的嘱咐，忙说："常大人，等等，暑热难当，卑职请大人喝杯茶解解暑吧。"

常樱转回身，一挑眉毛，问："薛校尉何时这么客气了，昨日分明还对我的邀约很是不屑。"

薛怀安于人情世故颇为迟钝。一般来说，要是相邀某人，人家说不去，他根本不会去想这人是真的不愿意去，还是另有文章。故此原本按他的脾性，这事情也就这样算了，只是这次是初荷嘱咐的，他习惯性地要坚决完成任务，也不管常樱到底是啥意思，执著地说："不是才得罪了大人吗，卑职敬上一杯赔罪茶也是应该的吧，更何况还要再谢谢大人仗义相助。"

常樱看着眼前明明吃了闭门羹还无知无觉的家伙，心头一阵烦躁，可是自己也不明白为什么见了他就这么容易烦躁。摇摇头，道："罢了，罢了，就吃你一杯茶吧。"

两人在茶楼找了个僻静处坐下。

说僻静也不过是相对而言，南方的茶楼并非什么大雅之处，市井小民常常在这里听戏吃茶，一泡就是一天。载着小笼包和燕饺等各色小吃的推车在茶桌间缓缓穿行，推车的伙计时不时吆喝上一句，声调一如戏文般抑扬顿挫。

薛怀安点了茶楼最好的明前龙井和几样精致小吃，常樱却只是喝茶，并不动筷子，眼神飘忽，似乎魂游天外。

"常大人这次的事务是不是有些棘手？"薛怀安见了常樱的样子，关心地问，随即又想到绿骑的身份不同，处理的很多任务不便对外人道，忙说："大人不方便说就算了。"

"没什么不方便，还是上次那个事情，今天一早收到帝都来的六百里加急快报，说我们在北明安插的间谍回报，崇武这边还是有情报漏出去了。"

"上次那个事情？你意思是说，莫五在死之前把崇武水军的情报给传递出去了？"

常樱一皱眉，不悦地说："就是这意思，你小声点儿。"

这件事情如今可谓是她的心头刺。莫五这个间谍被她挖出来不容易，原本想要出其不意将他抓捕，不料莫五竟然机警至此，只是见了她手下几个换了崇武水军军服的锦衣卫就起了疑心，匆忙逃跑。但即便如此，她这一路从崇武追到惠安，半分喘息的时间也没有给对方，到底情报是如何在他仓皇逃命的途中被安全送出去的，着实让人百思不得其解。

如果莫五地下有知，这时候，一定是在嘲笑我吧，常樱自嘲地想。

薛怀安也觉得事情十分不寻常，压低声音，问："难不成崇武水军还有其他间谍？"

常樱摇摇头，斟酌了一会儿，终于决定还是和薛怀安探讨一下，道："虽然不该和你多说，可是我想，你熟悉惠安，也许能帮得上忙。根据北明传回的消息，就是莫五把情报递出的，至于递出了什么，我们在那里的人无从得知。但是，据推测，北明收到的情报应该有什么问题，比如，只得到了一半或者是错误的情报。如若真是如此，那么还有很重要的东西仍然在这里。"

薛怀安明白，以自己的身份，很多事情不能去问，但又想多少帮帮忙，便问："那么，现在常大人准备怎么做？卑职有什么可以帮得上忙的地方？"

"我如今只想到一个笨办法，就是让手下人沿着从崇武到惠安莫五逃亡的这一条路，把所有他经过的地方仔细巡查，看看能不能有所发现。我在想，也许莫五在逃亡的路上把带出来的情报藏在什么地方了，比如一个路经的树洞之类，然后刻上只有他们的人才能认出的记号，这样情报才被取走的。不过事情已经过去了月余，说起来简单实则却太难查。"

薛怀安听了不自觉地摇摇头，说："如果卑职是莫五，应该不会这么干。"

常樱秀目一亮，脱口问："你怎么想？"

"假使我是莫五，且不说在路上被常大人追赶的时候很难有功夫找一个安全的地方藏匿情报，只要想一想从崇武到这里这么长的路程，让另一个北明间谍找到这个记号就已经是很困难的事情。而且，从崇武到惠安仅大路就有三条，山野小路则更不用说了。我怎么知道我的同伙能正确判断哪一条路是我的逃亡路线？除非我的同伙就混在常大人的队伍里。"

常樱略微一想，道："这不可能，我的人不可能有问题。"

薛怀安见常樱说这话的时候，眉宇间有一股难以言表的笃定与信任，不同于有时候她因为过于执着于自己的意念而于神色间染上的断然之色,此时的她,眉目舒展,坚定而不执拗,在嘈杂的茶楼里,凝然如玉,不为外物所动,倒叫人忽生出几分好感来。

"能得大人如此信任,真是做部下之幸。"薛怀安由衷地赞道,"那么,既然没有内应,莫五这样老道的间谍,一定不会首先选择把重要的情报以大人说的方法传递出去,除非实在没有别的办法,才会用这样的下下策。"

常樱点点头,说:"我就是想不出来除了这下下策之外,他还能如何。"

薛怀安道:"一般来说,下下策总是最后关头不得已才用,对莫五来说,最后关头就该是在慧馨女学的时候,大人派人去那里检查了吗?"

"这是自然。你不知道我行事的规矩,当时莫五的事情一结束,我的人就已经仔细检查过他在女学所经各处,以防有任何不宜外泄的东西不慎泄露。这次我们回来,我第一步还是派人检查那里去了,估计一会儿我们回百户所,派去的人便能回报。但我的人向来细致,不大会遗漏可疑之处,如若当时没有发现什么,现在也很难再发现什么。"

常樱这么一说,倒是提醒了薛怀安,道:"说起来,和那时候相比,倒是有一个接触过莫五的人消失不见了。"

常樱神色一动,问:"谁?"

"就是那个被扣做人质的女孩儿,叫杜小月,她前天傍晚死于谋杀。"

35 明

薛怀安和常樱互相看着对方，一时间都没有再说什么。这个发现对于二人来说都是一个不小的冲击，迫使他们快速地去重新整理手中已经掌握的所有线索。

缄默之中，邻座两个茶客的谈笑显得格外清晰。

其中一个说："现在这世道真是人心不古，你看看现在这些罪案，一件比一件邪乎。"

"可不是，我看都是因为那些种地的不去种地了，跑到城里来做佣工，才会这么乱。你想想，那些男人把老婆扔在家里，一年到头几十个大男人挤在一起，还能不出事儿？你瞧瞧最近采花大盗那案子闹的，我看没准儿和这些佣工就有关系。"

"有理。不过，现在这人也是越来越厚脸皮了，你说要是早些年，要是谁家女人被采花贼光顾了，咱能知道不？那是决计不能啊，还不是被瞒得严严实实的，连官都不敢告。现在可好，这种丢人的事情都搞得人尽皆知。"

茶客的闲言碎语钻入薛怀安的耳中。关于采花贼的案子他熟悉至极，杜小月出事前这案子一直是他探查的重点，然而方才茶客们的角度他却从未思考过，此时听了这些话，如醍醐灌顶，心中一直解不开的困惑豁然明朗，忍不住一拳砸在桌子上，冲那两个人大声说：“二位，你们这么看人未免太过鄙俗，诚然佣工劳作辛苦，收入微薄，却不能以此推断其品格。”

那两个茶客正聊到兴头上，被人这么一插话，俱是十分不悦，然而转脸一看，说话之人是穿赤黄色官服的缇骑，旁边还坐着一个穿暗绿色官服的绿骑，想想锦衣卫一贯的名声，便都不敢作声，匆匆结账走了。

常樱看了轻笑道：“难得薛校尉还有扶助弱小的侠义之心，如此热血青年，当锦衣卫倒是可惜了，可曾想过去争争武林盟主的位子？”

薛怀安现出惯常的嬉皮笑脸模样，道：“其实我当年人送外号铁胆狮子，号令三十路白道，人人见我都要敬称一声大侠。若不是被黑道妖女，就是那个从来都穿一身绿衣的‘常绿衣’以美色暗算，中了她的连环夺命十八掌，哪会隐居此地做个小小的锦衣卫校尉？”

常樱杏眼一瞪，道：“我哪里打了你十八掌？不过给了你两三拳而已。”

这话才出口，常樱就知道说错了，如此一来，岂不是也认了自己用“美色暗算”薛怀安来着。想到这里，她脸上腾起红云，转念又一想，薛怀安这么个促狭之人，恐怕又要借题发挥说出什么揶揄调侃自己的浑话了。

不想做好了心理准备，那人却正经起来，没有和她纠缠于此，转而正色道：“常大人，关于莫五的事情，卑职有个也许大胆，但是看上去很合理的想法，这事要和常大人还有李大人详谈，我们这就速速回去吧。”

常樱当下应允，但心上却是莫名有些空，仿佛是做好了挨打的准备却没有等到该来的那一拳，如此辗转之感倒叫人好一阵无端怅惘。

两人回去一看，见还没有绿骑回来复命，缇骑也已经悉数被派出，只有李抗一人留守在百户所。

三人在屋中坐定，薛怀安慢条斯理地说："二位大人，卑职在想，有没有一种可能，我们两边的案子是有联系的？"

李抗不知道这事的前因，不解地问："怀安你什么意思，我们哪个案子和常百户那边有联系，采花大盗案还是杜小月的谋杀案？"

"卑职先从采花大盗案说起吧，这案子发生在莫五劫持人质事件之后没几天，今日卑职在茶馆听茶客闲聊，猛然发觉这案子有一个极特别之处被我等忽略了。"

"何处？"

"就是这案子被人们传得太过沸沸扬扬了。"薛怀安说到此处，看看李抗，顿了顿，才继续说，"以大人多年刑侦经验，一定知道此类奸淫的案子，大多数受害人都因为好面子，连官都不愿意去告，往往是自己忍了。故此，过去就算有这类案子发生，也很少被人知道，更别说被人们传来传去。这一次，我们先说第一个被害人郭员外家吧。说来他家可算比较倒霉，第一次凶犯去他家迷奸郭小姐，虽然没有得逞，但是有鲁莽仆妇在追打凶犯的时候高喊'捉淫贼'，当时正值静夜，那样一来搞得街头巷尾人尽皆知。可既便如此，凶犯第二次在庙内得逞，他家还是想隐瞒，若非我们查案追查出来，他一定不会说。而现在，这案子还没有了结，郭家已经举家搬离惠安，根本就是躲开了。"

李抗点点头，道："的确，这是人之常情，更何况市井小民最喜欢议论这些事情，郭家也是受不了吧。"

"如今，我们抓到的人犯只承认自己迷奸过郭家小姐，后面两桩迷奸案子则概不承认。这个咱们且不说，单说后两桩案子，那犯人在逃跑的时候也都弄出了很大响动，让这两家想瞒也瞒不住，这才最终搞出来一个让人议论纷纷的采花大盗来。可是卑职现在想想，觉得这采花大盗也未免太过不济，每一次逃跑时都会被人发现。所以卑职有一个假设，会不会是有人故意如此，从而造成在惠安有一个采花大盗频繁

在活动的假象呢？”

“那么，依你之见，这人为什么要这样做？”

“大人记得卑职昨日说过，杜小月不是被人奸杀，而是被人伪造成奸杀的假象。以此看来，这采花大盗案很有可能也是为了误导我们查案所做的铺垫。卑职以为，这人很有可能是恰巧发现郭家的案子可以利用，就在其后连续制造了两起采花案来造声势，为最后制造杜小月被奸杀的假象做铺垫。”

李抗在椅子上再也坐不安稳，起身来回踱了几步，半晌才问：“你这个假设，有个地方要给我解释清楚，就是这人为何要花这么大心思去杀死杜小月？杀人要有动机，更何况是这么精心布局去杀一个小姑娘。”

薛怀安看向一旁坐着的常樱，道：“常大人，虽然绿骑处理的多为机密要务，可是这次我们缇骑的案子恐怕和绿骑的案子息息相关，我们可否开诚布公，互通消息？”

常樱没有答话，点了下头，示意薛怀安继续讲下去。

薛怀安默契地笑笑，继续道：“方才我和常大人聊天，得知莫五竟然还是把崇武军港的消息送出去了，我们两人探讨这消息该是如何送出去的，结果发现，最后和莫五接触的两个人都消失了，一个是杜小月，另一个就是门房老贾。”

李抗疑惑地问：“这和老贾又有什么关系？”

一直没有作声的常樱此时开了口，说：“莫五被击毙之后，我们按照惯例检查了他所经之路和所接触之人。查问到老贾的时候，我们问他为何会给莫五开门，他说莫五骗他说有东西要交给里面的学生，可是待他一开门，莫五就用枪逼着他，让他带路去学生最多的地方。”

李抗仍是不明白，道：“你们二人的意思是，这两人一死一失踪倒是与莫五的间谍案子有关喽？”

薛怀安道：“正是。其一，最后接触过莫五的两人都不见了，这难不成只是巧合？其二，虽然我们不知道莫五用怎样的方法将消息传递了出去，可是既然传递出去了，那么他的逃亡过程就充满了可疑之处，更何况最后接触过他的人都消失了。”

“为何杀杜小月的凶手不可能是你让我派人跟踪的杜氏？”

“现在看来，如果有人制造了采花大盗来避人耳目，误导我们，那么这人肯定不是杜氏。她没有武功保证自己在逃跑途中既被人发现，又能全身而退。况且，我怀疑她也没有那么深的心智。你看她今日去抢夺杜小月的遗产，居然都没有事前仔细调查清楚杜小月之前怎样安排遗产的。这样的人，事先会去安排那样的谋杀布局吗？”

李抗盯着面前目光炯炯、仿佛有成竹在胸的年轻锦衣卫，猛地在他肩上拍了一掌，道：“成了，你别卖关子了，你还知道了什么，全都给我说出来。”

薛怀安“嘿嘿”笑着，正要开口继续讲下去，却听常樱突然急急插话进来道：“薛校尉，最后接触过莫五的人有三个，门房老贾、杜小月和令妹，现在前两个人于这两天都消失了，令妹会不会也有危险？”

36 局

初荷看天色还早，收拾利索便往女学赶去。来到女学，叩了一阵子门，仍是阿初嫂慢慢腾腾地过来开了门。

初荷把《广义算术》在阿初嫂面前摇了摇，拿出已经写好的纸片。

阿初嫂低头一看，见纸片上写着“我借错书了，想去换一本”。

阿初嫂和气地笑一笑，道：“快去吧快去吧，书阁还没有锁，真是聪明好学的孩子。”

初荷甜笑着回应了阿初嫂的夸奖，双手合十，做了个拜谢的动作，抱着书匆忙往书阁而去。

进到书阁，初荷快速地在一排排书架中间找到放置物理学书籍的那一排格架，眼睛上下搜寻一会儿，终于，她心中所想的那本书跃然眼前——《自然哲学的数学原理》。

这本书被放置在一部部厚厚的物理学书中间，同鲜有人问津的数学著作相比，这些物理学书的受欢迎程度显然更低，上面积着厚厚的灰尘，唯有它看上去似乎被人在不久前触碰过。

“‘自然和自然律隐没在黑暗中；神说，让牛顿去吧！于是一切豁然开朗’——如果这是最终的暗语，那么就是在暗示，只要明白这一句暗语，就可以解开一切谜团，解谜的关键就是隐藏在‘黑暗之中的自然和自然律'。而牛顿研究自然和自然律的著作,这一本是最有名的,探讨了从抛物线运动到流体运动的各种自然运动规律,更何况这个书名就是《自然哲学的数学原理》。"初荷在心底想着,更加确定自己的想法,把手伸了过去。

来不及细看,她快速地在书页间翻找,果不其然,一张薄纸夹在书页之间。

初荷摊开来一看,见这张纸上和自己发现的第一张密码纸一样也是一行一行有序的阿拉伯数字,在每个阿拉伯数字之后则写着十二地支:

1 丑,2 卯,3 寅……

然而有趣的是,在后面出现了类似"16 子寅","17 子卯",甚至"24 丑卯"等等这样用两个地支的组合。

初荷拿出第一张密码纸,仔细研究起来。她发现这第一张在阿拉伯数字之后跟着的大写汉字数词虽然不是连续的,比如"1 叁"后面是"2 伍",但是没有出现任何奇怪的数字组合。

再看看这两张密码纸,阿拉伯数字全部都是从 1 到 362,如果从破解密码的角度来说,这就意味着,这些阿拉伯数词很有可能是序列号,通过这些序列号能将两张纸上的汉字大写数字和十二地支联系起来。也就是说两张纸上的 1 号,即"丑"和"叁"是相关联的。

这样的话,看到出现奇怪组合的"16 子寅",对应的另一张纸上第"16"号,是一个正常的大写数字"贰拾"。从前面推测,这个"子寅"应该是代表一个数字,十二地支只有十二个,假设"子"代表数字"一",那么到了"亥"就是代表数字"十二",这样的话,要想表示十二以上的数字,比如"十三"就是"子子",而"十五"就是"子寅"。

也就是说,这第三张纸上的十二地支是一种十二进制的计数法。

初荷想到此处,正觉得谜团开始一点点解开,可是眼皮却打起架来。

怎么一到书阁就犯困呢？别睡，别睡！初荷在心底里对自己喊着。然而强大的睡意还是不可阻挡地袭上来，终于将她陷入了安眠的温床。

睁开眼睛的时候，初荷觉得有点儿冷，发现自己原来是躺在书阁的花岗岩地板上，虽然是夏季，寒气还是透过薄薄的衣物刺入身体，让人不自觉地颤抖。

“这小丫头醒了。”

初荷听见一个熟悉的声音说，她一骨碌爬起来，看见对面的官帽椅上坐着的正是程兰芝，她身边则是随侍的阿初嫂。

初荷在震惊之中恍然醒悟，用手语问道：“是你杀了杜小月？”

程兰芝并不懂得手语，但是大约也能猜出初荷在问什么，面无波澜，口气冰冷地说：“你别比画了，看着怪累心的。都告诉你好了，杜小月是我杀的，因为她威胁我。”

尽管知道没有用，初荷仍然不由自主地比出“为什么”三个字。

程兰芝冷笑了一声，也不理会初荷究竟在问什么，自顾自地说：“我也想不到她会是这样的人。夏初荷，我如今将这些恩怨告诉你，因为一来呢，你是将要死的人了，二来呢，你只有知道了其中的缘由才能帮到我。”

初荷听了，原本紧张害怕的心情稍稍一松，心想既然还需要自己的帮助，就还没到生死关头。

“你知道上次劫持你们的北明间谍为什么会用杜小月当人质么？别以为他是怕死怕昏了头，那是因为他知道杜小月与我亲近，所以他想把一些东西交给杜小月，让她转交给我。”

初荷依稀记得当时莫五将他们三人绑在一起往外走的时候，的确趁机和小月说了句什么。只是她走在三人的最前面，莫五声音又小，她没有听清楚莫五在讲什么，以为是叫小月放老实之类的威胁言词。如今想来,大约不是“放老实”而是“给程兰芝”。

“其实,他发觉逃不出常樱的追捕后,是跑去找我的,想假借扣了我作人质为掩护,将东西交给我。可惜那日我和阿初恰巧不在,他情急之下,想起和我关系密切的杜小月,便冲入了你们的教室。所以,别以为是那个‘缇骑之枪’多么厉害,原本莫五这么做就是抱了必死之心传递消息的。”

初荷想起事后薛怀安也说过这个间谍颇有些奇怪,怎么想出这样的活命法子,丢人不说,也不稳妥,当真是被常樱吓破了胆,狗急跳墙了。

“不想杜小月非但不交给我,还用这件事情威胁我不要成婚,所以,我就杀了她。好了,因果就是这些,我留你不死的原因是她写下的这些东西,我猜只有你能懂。”

初荷明白杜小月定然是并不完全相信程兰芝,便把知道的秘密换成自己发明的密码写了一遍,又给初荷留下暗示,以备万一遇到不测时,初荷有迹可寻。

然而就算自己刚刚找到些头绪,又如何能够那么快地破译出来?但如此关头,她知道自己绝对不能说不懂,心念一转,对程兰芝比出纸和笔的手势。

初荷坐在冰冷的地上,对着面前铺开的白纸,脑子里一片空白,好一会儿,她提起笔,写道:“之前在书阁你们迷昏过我一次吧,为什么放了我?”

“因为我们不知道你查出一本《广义算术》有什么用,所以只好先放了你,继续看你怎么做,不过你倒是不负期望,很快就找出结果来了。”程兰芝答道。

初荷眨眨眼睛,计上心头,写道:“你怎么能确定这就是最后结果,也许还有第四张。”

程兰芝被这样一问,才觉得自己的行动的确有些鲁莽,旁边的阿初嫂脸色也是一沉，道："真是的，倒是疏忽了，杜小月这个丫头心眼儿鬼得很，上次给我们的是份假的，谁知道这次又耍了什么心眼儿。"

程兰芝声音因为恨意而变得喑哑："她为什么如此对我？我从来都是在为她着想。"

初荷听着觉得有蹊跷，又写道："你和小月是什么关系？"

程兰芝本以为初荷已经可以开始破译密信，不想竟然写出这样一个问题来，心火忍不住往上窜，转念又怕这和破译密信有关，银牙一咬，勉强挤出"亲如姐妹"四个字。

初荷心中一动，又写道："小月很寂寞，你呢？"

程兰芝鼻子气得差点儿歪掉，然而目光停在这句话上，终是没有发出脾气来，缓了缓，才挤出一句话："有她陪着的时候，还好。"

"如果有人愿意一直陪你的话，为什么还要嫁人？"

初荷写完这句话，心里有些没把握，又加了一句半真半假的话："小月向哥哥要钱去了，说找到了可以一生陪伴她的人，要与那人远走高飞。"

程兰芝盯着地上煞白的宣纸上这行小小的黑字，两只手死死绞在一起，好一会儿不说话。

突然，一只脚重重地踹在初荷的腰眼儿上，初荷冷不防受袭，一头撞在地上，顿时眼冒金星，耳朵里轰隆隆地鸣响。

接着，她听见阿初嫂恶狠狠的声音在半空里炸开："快写，再啰嗦就立时宰了你。别以为除了你就没人破解得了这个鬼东西，难不成我们北明无人了吗？"

然而程兰芝的态度却在刚才与初荷的对谈中略微软了下来，转而对阿初嫂说："阿初，你别这样。你答应过我，只要她写出来，我们安然离开，就放了这孩子。你别再多造杀孽。"

"你真的想走？你想好了，你要是杀了她，便是再没有人知晓此事，你可以安安稳稳地嫁出去，从此用不着再顾忌世人的风言风语，也不用看你爹对着你这个老姑娘唉声叹气，听那几个姨娘指桑骂槐，连讥带讽。”

程兰芝双唇一抖，没有应答。

阿初嫂见她神色犹豫，语气加重，一连串词句又硬又密地掷出来，咒语一样不给人片刻喘息："想想你当初是怎么对杜小月的，可杜小月又是怎样对你的？她咒骂你、伤害你、跟踪你、骚扰你、纠缠你，像个疯子一样，而这一切不过是因为你想生活得更轻松一点儿。现在也是一样，你只要心中稍软，放别人生路就是给自己死路。”

程兰芝眼神闪烁，显然是被阿初嫂说动，失掉了残存的善良。

阿初嫂见程兰芝的神情，知道她已经不会再干涉自己，冲着初荷冷冷地说："给你一个时辰，你要是可以解出来，就晚死一个时辰；要是说根本不懂这是什么，现在就去见阎王吧。你害死我相公，以为我还能让你活在这世上么？”

初荷一惊，写道："你相公是谁，为何说是我害死的？”

“莫五。”

即使只是这两个字在唇齿之间流转，她也会觉得心上有一丝抽痛。

这些日子，她总是会记起很久以前，她和他去泉州港的时候，出于好奇，溜进给外国船员建造的圣母堂，在那里，他们看见一些很美的画。有一张上面画着一个年轻的金发女子，她垂着眼帘，温柔地抱着一具男人的尸体，但没有任何悲戚或者哀痛的神情，秀美的脸上一派安宁祥和。

“这是她的男人么？死了男人她为什么不难过？”他问她。

“她是圣母，那是她的儿子，上帝之子耶稣。关于这样的神情，有两个解释。一个是说，圣母其实早就预见到儿子的死亡以及后来的复活，所以很坦然地接受了这一切。另一个解释说，她神情安然平静，只是因为她真正地了解什么是死亡。”

“你觉得哪个解释对？”

“我喜欢第二个，第一个嘛，如果可以预知未来，人生是多么没有趣味。”

“那如果我死了，你会怎么样？”

“讨厌，别说这么不吉利的话。”

“我是认真问的，毕竟我们就是过着刀口上舔血的日子。”

“那我一定为你报仇。”

是的，为你报仇。现在，这个害你的女孩子马上就要去黄泉陪你了，那个向你开枪的锦衣卫，很快也该来了吧。

37 破

震惊之后，初荷猛然意识到，如果阿初嫂要报仇的话，花儿哥哥必定也在她的算计之中。而本杰明知道自己的去向，如果自己很晚还没有回家，他和薛怀安一定会来找自己。这两个人的武功连稀松平常都谈不上，而阿初嫂一定早就有所防备，到时候岂不是自投罗网？

果然，阿初嫂弯下腰，贴近初荷，眼光一刀一刀剜在她的面孔上，道："听说你哥哥出了名地疼妹妹，要是看你深夜不归，一定会来找吧。据说，他武功不济得很。"

初荷厌恶地偏头避开，虽然觉得如此情形无计可施，可是心里仍然气不过这样被暗算，提笔又写："我家还有帮手，你们想得倒是简单。"

阿初嫂看看字，冷笑道："就是那个假洋鬼子吧，我又不是没有和他交过手，一样是个废物。"

初荷讶异地瞪大眼睛看向阿初嫂，不知道这又是怎么一回事儿。

阿初嫂脸上露出猫戏弄耗子时残忍愉悦的表情，道："其实你该谢谢他。要不是他，杜小月死的那个晚上就把你捉来了，那样的话，你们兄妹早就去见阎王爷了。不过你晚死点儿也好，要不我们收到杜小月给了我们假货的消息，还不知道该如何是好呢。"

初荷心思敏明，听阿初嫂这么一说便明白过来，知道那夜家中闯入的蒙面黑衣人定然就是阿初嫂。估摸她料定薛怀安夜里会在百户所查案，所以趁自己落单前来掳走自己，然后留下诸如“我去女学藏书阁”一类的字条，待到薛怀安回来，见自己一夜未归，一定会去女学找人，正好可以一网打尽。而现在让自己多活了两日，大约是因为第二日她们收到北明的消息，说送回去的情报有问题。

“阿初，你还存着这样的心思，你，你这是公报私仇。你若是要杀了一个锦衣卫，会给我们惹多大的麻烦，那样的话，怎么可能全身而退！”程兰芝说道，原本白皙的面孔更是苍白。

阿初嫂瞟了一眼程兰芝，并不答话，转身往书阁深处走去，不一会儿，拖着一个大麻袋吃力地走出来。她将麻袋口一松，露出一个人昏睡的面孔，正是一直失踪的门房老贾。

这一次，非但是初荷，连程兰芝也露出了惊讶之色，失声道：“你、你怎么还没有处理掉他。”

“他还有用，为什么要处理掉？让他们三个都死在一起，锦衣卫和采花大盗同归于尽，这不是最好的了结吗？你还怕什么。”

“哦？这位大嫂，你真的确定这样就没有人知道了吗？”

初荷听到这熟悉的声音从身后传来，心中乍喜，扭转头一看，只见薛怀安正站在书阁的尽头，书架投下的阴影将薛怀安拢在其中，也看不出是急是忧，唯有被光影勾画出的身形轮廓清晰而坚定。

然而初荷一转念，想到薛怀安这么孤身前来，不是正合了阿初嫂的心意，心下又是焦虑不已。

阿初嫂显然没有想到薛怀安这么早就到了，面上微微有些惊色，带着恨意狠声说道：“我当是谁，原来是大名鼎鼎的‘缇骑之枪’啊，竟然能找到这里，果然名不虚传。”

“大嫂你客气了，大嫂你心够狠，下手够毒，在下也是颇为佩服。”

阿初嫂脸一凛，猛然从怀中掏出一支短枪，瞄住一步开外的初荷，冷冷地说：“想要留她一命你就别再往前走一步。”

初荷被一支冷冰冰的枪口对着，心突突地直跳，可是一定下神来却发现那支短枪竟然是自己造的。

这且不说，她在扳机旁设置了一个小小的拉栓锁住打火的钢轮，以防在偶然之下火石和钢轮因为震动碰撞出现走火的问题。扣动扳机之前一定要先拉开这个栓锁，否则便不能开枪。大约是因为薛怀安比预料中早出现了太多时间吧，阿初嫂竟然还没有拉开这个栓锁。

初荷一见有机可乘，将手背在身后，悄悄给薛怀安比出手语："没拉栓，分她神，我有机会。"

"你这杀人的计谋原本想得周到，可是你知不知道，再周到也有破绽，你可想知道破绽在哪里？"薛怀安说道。

"哪里？"

"你让程兰芝和杜小月约定，待她宣布关闭女学以后就在半山亭见面，程兰芝在杜小月离开后没多久，就以换戏服为由跑去那间小厢房。那小厢房的后窗能看见青石阶路，虽然从山中曲折小径走过去不算很近，可是从窗子到青石阶的空中直线距离只有一百步左右。程兰芝自幼习箭，是射箭好手，在这个距离上几乎百发百中，于是，她在看见杜小月出现在山路上之后，就朝她背心射了一箭。"

"不错，细节上也许有出入，不过你猜得八九不离十，只是不知你是如何看出杜小月是中箭而死？"

"其实你那时候早就埋伏在石阶旁的林中，一见杜小月中箭倒地，先上去用短刀将箭头挖出，可是那样的伤口难免让人起疑，于是又用短刀在伤口里面一阵搅和，直到伤口面目全非，这就是你的第一个破绽。若不是我看到这伤口，怀疑凶手想掩饰真正致命的伤口形态，以此掩盖真正的杀人凶器，就不会去猜也许是中箭而亡。"

"哼，果然有些本事。"

"你之后将尸体拖入林中，仰面放好，造出奸杀的假象，可惜想得太多，大约是生怕我们验尸的时候怀疑致命的凶器不是刀子，于是用刀子在尸体正面又砍了两刀，好诱导我们轻易去认定杜小月是被刀子刺死，这就是破绽二。起初这多余的两刀让我百思不得其解，才会对整件事情有所怀疑。然而，如果今天上午二位不说谎的话，我也不会这么快就猜出来。”

阿初嫂听了脸色微变，却没有言语。

“老贾的剩饭都长出绿毛，阿初嫂你却说他案发当天还在。至于程校长，那个后窗我之前问过茶室仆役，仆役清楚记得他依照规矩每日清早开窗晚上关窗，但那日他晚上收拾屋子时后窗已经被人关上了，既然不是仆役所为，那就是你亲自关的，可是你却说记不清楚。再加上我们恰巧从校长这里借过弓箭，后面就只是需要一些大胆假设了——远距离的、精确的、无声无息的杀人方式，既然我们曾经想得到，有人也能想到就不足为奇。”

薛怀安讲到此处忽然仰天一声长叹，目光转向程兰芝，道：“程校长，枉你这么个聪明人物，为何没想过阿初嫂为什么一定要你射这一箭？要你亲手杀这个人？她有武功，为何不替你出手？为何她要不断教唆你，让你陷入恶念里无法挣脱？因为，她要用这件事来永久地挟制你。因为，她需要你和她一样困在恨意里不得超生。因为，她要让你和她一样，沾一手永远也洗不掉的鲜血。那样，你们就永远在一起了，你会永远被她控制，从此以后再没有自由，日日夜夜，一生一世沉沦在只有你和她的黑暗里。”

薛怀安的声音诅咒一样回旋在藏书阁沉闷的空气里。程兰芝脸上血色尽失，身体倚住后墙，勉强让自己保持站立的姿势，无法控制地颤抖着，梦呓一样低语着：“但是小月，她威胁我。我为她安排那么多，我那么疼她，为了她向阿初低头，甚至背叛国家，她却要毁掉我的生活。”

“难道阿初嫂没有毁掉你的生活吗？”

“够了，你住嘴。”阿初嫂冲薛怀安大叫道。

在这叫声中，初荷骤然出手。

阿初嫂是受过严苛训练的人，一见初荷扑上来，当下扣动扳机，一扣不动，立刻想到自己的失误，眨眼已经拉掉栓锁，又是一枪。

然而初荷每日练习长跑和臂力，虽然人看上去瘦小，爆发力却是惊人。阿初嫂这一息的迟缓足够初荷冲上来一拳打在她的脸上，只见她身子一仰，一枪射飞到房顶上。

这一枪射空，初荷知道得了机会，火枪无法连发，致命一击避过便再无可怕，立时拳速加快，不给对方二次装弹的时机。

但阿初嫂武功高于初荷很多，身子被打得向后一个趔趄，却马上一拧身找回了平衡，挥手就是一拳，攻向初荷的面门。

刹那间，初荷跟她连过三招，已然落在下风。好在阿初嫂存了要拿住初荷威胁薛怀安的心思，下手还稍稍留有余地，因而只是有惊无险。

然而就在这时候，一个绿色的身影冲了上来。阿初嫂连来人的面孔都未看清，已经被这人连攻了三拳，身子被击得退后两步，才看清来人正是——常樱。

常樱拳脚极其霸道厉害，手上的擒拿功夫更是犀利，三五招之间，阿初嫂便有些招架不住。常樱看出一个空当，一个锁喉得手，右手卡住阿初嫂的咽喉，左手往她的嘴巴里探去。

然而她终究是晚了半招，阿初嫂在被她制住的一息之间已经咬紧了牙关，黑色的液体顺着她的唇角缓缓流出。

“妈的，又自杀了一个，真不知道北明是怎么训练这些家伙的，个个都不把自己的命当回事儿。”常樱失态地骂道。

她想起还有一个活口，转身要去抓程兰芝，只听“砰”的一声枪响，待看清楚的时候，程兰芝已经手中握枪倒在了血泊之中。

初荷蹲在地上，看见程兰芝的双唇在轻轻地颤动，她把头凑过去，听见她说：“别难为我家人，他们不是间谍。我也是迫不得已，被阿初抓到短处挟制，才做了对不起南明的事情。”

初荷点点头，程兰芝见了，眼睛里最后的神采骤然散去，然而仍然有低语声从唇齿间流出：“那时候，她小小的，躲在厚厚的棉衣里，蹲在书阁的角落看书，偶尔抬起眼睛看人，神色羞怯而孤单……”

38 尾

就像一场梦一样。

开始得离奇，经历得迷乱，结束得骤然。

初荷看着锦衣卫将尸体运走，想：谁来将我叫醒。

有人将她揽于臂弯，带着怨怪与怜意轻声说：“傻姑娘。”

尽管被认为是傻姑娘，初荷还是被薛怀安分派了解开密码的重要任务，他自己则躲在半死不活的藤萝疏影下悠闲乘凉。

初荷解得头痛，大叫不公平，薛怀安就一本正经地说：“这个是杜小月专门留给你的，完全是按照你的智慧等级设计的，我们一般人可解不开。”

初荷听了，心里忽然有些明亮。在她的知识范围内，数字与图形的交集，连接笛卡尔与牛顿的桥梁——解析几何！

“喂，我解开了！大写中文数字代表 X 轴上的数字，十二地支代表 Y 轴上的数字，这样阿拉伯数字序号相同的每一组代表坐标上一个点，一共有 362 个点。而那个在阿拉伯数字之间用线条连接的密码纸，就是表示每一点之间的关系，比如第一点和第二点之间是一条直线，第二点和第三点还有第四点，这三点构成一条曲线。所以，最后，这三张密码纸就组成一幅图，你让那个凶巴巴的常百户慢慢搞去吧，我猜可能是什么军事图纸，比如最新火炮或者舰船的图纸。”

“干吗这么说常百户，人家可是救了你。”

“她不来，你也能救我，我不喜欢欠人情。况且，我不喜欢她。”

“为什么不喜欢她？”

“不喜欢需要理由吗？”

“自然需要，就如同杀人需要动机一样。话说回来，初荷，我至今都不明白，杜小月和你们校长是什么关系呢？你似乎是明白的，你给我讲讲，此处不想通，我觉得案子就没有破完啊。”

“真呆。”

“呆才需要你告诉我啊。”

“那你先告诉我，老贾是坏人吗？”

“也算也不算。他在江湖上混过，有点儿奸猾。莫五开始只是让他带路去找你们校长，校长不在，莫五就说要找杜小月。事后老贾知道了莫五是间谍，自己琢磨出点儿端倪，就去找杜小月诈一诈，小月没有江湖经验，被诈出真话，于是老贾就借机欺负她，占她便宜。后来他又去要挟你们校长，结果就正好被利用做采花案的替罪羊，提供很重要的东西。”

“提供什么很重要的东西？”

“真傻。”

“傻才需要你告诉我啊。要不你先告诉我，然后我就告诉你杜小月和程校长是什么关系。”

“算了，我不想知道了。”

“那我还有个问题。笛卡尔之所以起了虚数这个名字，是因为他觉得这是不存在的，同时又让人伤脑筋的一个数字。子虚乌有的数字——这名字听起来真是很无奈。‘i’发音如同‘爱’，你说小月写下‘i’的时候是不是也在写另一个不存在的‘爱’？”

“初荷，你改用手语吧。什么‘爱’的发音如同‘爱’，小月写下‘爱’的时候是不是也在写另一个不存在的‘爱’，是我读错了你的唇语还是你早上起床的时候脑袋被门夹了？”

“你去死。”

“为什么？”

“去死需要理由吗？”

“自然需要，如同杀人需要动机一样。”

“那我去死吧，动机是我害怕死在你前面。”

“初荷。”

“嗯？”

“笛卡尔搞错了，虚数是存在的，你再大一点儿就会知道。”

是的，虚数是存在的，它对应平面上的纵轴，与对应平面上横轴的实数一样是真实的存在。